大作家写给孩子们

美好的旅行

[日]川端康成 著
月雯 绘
张宇博 译

浪花朵朵

贵州出版集团
贵州人民出版社

目录

小鸟和火车

成群结队的小鸟掠过铁轨飞过来了，它们飞翔的高度正好紧紧贴着小镇房屋的屋顶。

鸟群中的三四只山雀飞落在院子里的合欢树上，仿佛是要告诉花子，今天也会经由她家后面的树林再回到湖畔。花子正背靠合欢树坐着。

山雀像滑稽的杂技演员一样，倒挂在小树枝上转圈圈，还朝气蓬勃地叽叽喳喳说个不停。

卡罗突然竖起了耳朵，花子按了一下它的肩。

卡罗很听花子的话。它刚才是想跳起来去追赶小鸟，现在却乖乖地舒展了前肢，仰起头看合欢树的枝叶。

花子摸了摸卡罗的头。小狗的头对着的方向，有小鸟。

花子隐隐约约地知道，小鸟停落的树枝在摇晃。她感受得到背后的树上有小鸟——这令她满心欢喜。

然而，从刚才飞走的鸟群中传来呼唤，山雀听后便飞上树梢，眼看就要离开合欢树。

花子露出可怕的神情。突然，她猛地跳起来，好像在叫喊着什么，那发疯的样子，犹如一只气急败坏的猴子。

花子是想抓住小鸟吗?

原来她是想对小鸟说:“不要飞走呀!”

一种难以名状的情感涌上花子心头，才使她猛然跳了起来。

花子那奇怪的叫声，如同寂寞的野兽在哭泣。

因为跳得太高，花子踉踉跄跄地跌落到地上。

卡罗惊慌地跑开了，可它又好像心生怜悯一般，回到了花子身边，摇着尾巴。

花子狠狠地踢了卡罗一脚。

卡罗甩了两三下被踢的脑袋，身体又往花子跟前凑了凑。

花子用拳头打卡罗，心想:“小鸟是去哪儿呢?”

花子有时候会莫名其妙地发脾气。

“花子心中有一只作祟之虫……”花子的母亲嘀咕了一句，但她也束手无策。

卡罗很能理解花子母亲所说的“作祟之虫”。

花子打着卡罗的脑袋，累得精疲力竭。

于是她又像刚才那样倚靠着合欢树坐下，心想:“小鸟是去哪儿呢?”

原来花子是看不见辽阔天空的。

回过神来，花子的一只手里攥着合欢树的叶子。也许是刚才跳起来的时候，无意间摘到的吧。

羽毛状的叶子，在花子的手心里渐渐地闭合那梳子齿似的小叶片。花子用手指碰触它，它便格外害羞，像合上睫毛睡着了似的。

太阳已经落山了。

空气中飘散着晚风的气息。

山间的背阴处愈来愈幽深，晚霞绚丽多姿，太阳渐渐坠入山谷。虽然花子对这些一无所知，但她能通过脸颊和脖颈渐渐消失的温热，感知白昼的消逝。

她想:“到底是去哪儿呢？”

傍晚令她生厌。她心里充斥着悲伤和愤怒，让她想放声痛哭，再闹一场。

然而花子知道，小鸟飞走后，不一会儿，傍晚的火车就会驶来。

花子家的院子紧挨着铁路。

今天，花子来到院子外边，是为了等火车从这里驶过。

花子很喜欢火车。不仅是因为花子的父亲是这里的火车站站长，还因为花子觉得火车是这个世界上最强大的东西。

火车将封闭在黑暗中的幼小灵魂摇醒。

花子看不见火车，也听不见车轮和汽笛的声音，却能通过身体感知火车行驶过程中地面的震动。花子紧紧地贴着地面，感受着大地的颤动，她自己的身体也开始颤动。

在这个时候，花子那如人偶般缺乏表情的脸就显得阳光而富有朝气。

父亲曾抱着花子，让她摸过停靠在站台上的火车。

“危险呀，花子。走吧，火车就要开了。”花子听不见父亲说的话，还紧紧地抱着火车。

“火车来的时候还多着呢。以后还会看到的呀。”

父亲硬是把哭闹的花子抱离了火车。

有时候，父亲还让花子摸一摸火车的轨道。

花子一边用双手摸着火车的轨道，一边沿着铁路往前走，心里想着：“这是通向哪儿呢？”

花子觉得这铁路好像没有尽头，笔直地通向任何地方。

花子好像第一次模糊地知道了世界的广阔，有着神秘的恐惧和憧憬……

从此以后，花子总想在铁路上走走。

有一天，花子使劲儿拽着保姆阿房的手想去铁路上，阿房甚是为难。

“好啦，走到头了。已经到铁桥了呀，咱们过不去了。”

阿房试图劝阻花子，可花子根本不理睬。阿房想，真是个不听话的小孩，就把花子举到河的上空，在半空中晃悠了几下花子的身体，说着“掉下去喽”，假装要把花子扔进河里。

花子受到惊吓浑身发冷，蜷着两条腿一动也不动，好像是痉挛发作了一样。阿房吓坏了，马上背起花子回家。

花子真的以为那里就是世界的尽头，因而感到害怕，像窥视了奈落之底，令人毛骨悚然。

但是，花子知道，火车是跨过铁桥开过来的。

花子想:“火车从哪儿来，又要去哪儿呢？”

火车跨过铁桥时的响声，先是传递给花子的身体，这之后，火车仿佛消失了似的，最后，再从花子的面前轰隆轰隆地驶过。

今天也是一如既往，火车上了铁桥，花子就开始屏住呼吸等待着它。

不一会儿，地面开始颤动，火车如暴风雨的中心地带那样，摇撼着花子的身体一驶而过。

这时的花子紧紧地抿着嘴，心怦怦地跳。似乎有一股不可名状的强大力量冲进了花子的身体。

火车车窗上的灯已经点亮。花子虽然看不见那些光亮，却知道火车上有很多人。

独自一人的花子想，那列火车里可能会有自己的朋友吧。

可是，花子并不知道，在每天都要往返多次的火车上，乘坐的究竟是同一拨人呢，还是不同的人呢？她只知道火车

里一直有人。

花子嗖的一下子站起来，朝火车挥起手。她奋力甩动手臂，就好像要把它们甩出去一样。

坐在火车上的人透过车窗，是否看到了那个在合欢树下站得直挺挺的、发了疯一样向他们挥手的小孩呢？是否看到了那个就像在朝天倾诉、呼唤神明一样打着奇怪手势的小孩呢？

火车到站停了下来，一会儿又开出了站台。

花子落寞地站在那里，没有像刚才山雀飞走时那样气恼。

这时，随风飘来晚饭的香味。

花子正要回屋子的时候，卡罗叫唤了一声，朝着门口箭一般奔了过去。

“有人来了。”

花子追在卡罗身后，敏捷地在院子里的树木和花圃之间穿行，谁也想不到她的眼睛是看不见的。

山间的车站

花子父亲带回家的客人，乘坐的是刚才花子向它挥手的那趟火车。

父亲发出出站信号时，看到了这姐弟俩。姐姐的左肩和右肩各背着一个旅行包，弟弟的一只手揽着姐姐的脖子，另一只手攥着登山帽按在肚子上面。

他们俩站在站台上。花子的父亲走近，询问道："你们俩怎么啦？"

"呃，嗯，刚刚在火车上，弟弟突然开始肚子疼。"姐姐仰着脸看着父亲，问道，"请问您是站长吗？我实在不知道应该怎么办……"

"是吗？"父亲点了点头，招手叫来了车站站员，"你来帮他们一下，最好能抱着他走。"

弟弟此时面色苍白，疼得紧锁双眉，发出哎哟哎哟的呻吟声，听起来浑身无力。

"看起来疼得厉害呀！"

姐姐的眼里噙着泪水，说："是的，以他现在的状态，我们实在不能回家。可以拜托您帮我们找一位医生吗？"

花子父亲答应着：“好，没问题。你们住在哪儿呢？”

“住在东京。”

弟弟躺在了候车室的椅子上。姐姐担心他乱动的时候会从椅子上跌下来，万般小心地守候在旁边。

花子父亲说：“也不能一直待在这里呀。让他来我家躺着吧。”

站员拽了拽父亲的胳膊，在耳边小声地说：“要是痢疾或者伤寒之类的传染病，那多麻烦呀，最好还是送到医生或旅店那里吧。”

“哎呀，没事的。还是个小孩子，多让人心疼。让他们花那些多余的钱，也过意不去。”花子父亲摸了摸弟弟的脑门儿，说，“没怎么发烧，大概是胃痉挛。你把他背到我家吧。”

然后，他对姐姐说：“在他好转之前，就来我家躺着吧。打一针，马上就会好起来的。”

姐姐松了一口气，扑闪着明眸，拭了拭睫毛上的泪珠。

花子父亲想，多好看的小姑娘呀。

“我帮你拿一个包吧。”

“没关系。”姐姐摇了摇头，依旧是双肩上各背一个旅行包，左手拿着两根登山杖向前走。

穿过铁道路口，就是站长的家了。

花子的母亲忙不迭地铺好被褥，正好这时花子也进屋了。

花子一动不动地站着，感受着屋里的情况。

姐姐马上就发现了花子，以为她一定有些腼腆。

“哎呀，真是个可爱的小姑娘。到我这儿来呀。”她朝花子微笑着，还招了招手。

但是，花子板着脸一声不吭。

姐姐突然感受到某种异样。

站在那里的，像是一个没有灵魂的人偶，但再一细看，她发现那小姑娘正在专心寻找着什么，看上去就像一朵大大的白花斜歪着脑袋瓜。

小姑娘一动不动地注视着自己，姐姐便朝她走过去。

花子感到害怕，伸开双臂好像要推开什么似的，结果一下子被父亲抓住了。

姐姐吓了一跳，停下了脚步，两颊骤然泛红。

这时，躺着的弟弟突然把被子踢到一旁，喊着“好疼呀，好疼”，一下子滚落到榻榻米上。

“哎呀，达男！不能踢被子，你得老老实实地躺着。”姐姐急忙去按住他。

“还很疼吗？哈哈哈——你小子还真是精力充沛呀。”花子父亲说着，不禁笑了出来。

“真是讨厌。人家孩子疼得那么厉害，他还笑哈哈的。”花子母亲边说边给达男盖被子。

但是，像虾一样蜷着身子的达男蓦地坐起来了。

“没关系，笑就笑吧！本来就很可笑嘛，令人发笑的疼，哎哟！”

他那快哭了的脸还做着滑稽的怪相。可能是因为过于疼痛，以至于没办法让自己静下来吧。

达男抱着肚子，像一只奇怪的青蛙，朝花子跳了过去。

“小姑娘，很好笑吧？”

花子突然发出奇怪的叫声，像猴子一样抓挠达男。

达男吓了一跳，可他想，如果这时候默不作声，气氛必定尴尬，于是把脸凑向花子，说：“你就是挠我，我也感觉不到疼，因为肚子疼得厉害呀！”

花子龇着牙，胡乱地打达男的头。

“快住手！花子！”父亲说着，抓住了花子的双手，“这是干什么呢！”

看到花子那惊恐的表情，达男的姐姐突然紧张起来，急忙跑到花子面前跪坐下来，说：“对不起。请原谅他的恶作剧。”说完，她把手轻柔地搭在了花子的肩上。

花子的手被父亲抓着，这回，她挣脱了束缚去打姐姐。

姐姐闭上了眼睛，她从花子的小拳头上感受到了令人痛楚的悲伤。

“住手，花子！”父亲严厉地批评了花子。

“没关系的。”姐姐并不在乎花子打了自己，她把花子搂在怀里，说，“都是达男不好，对不起！”

花子哭了起来，那哭声听起来甚是奇妙，简直像个婴儿。

花子不再反抗，把脸埋在了达男姐姐的颈窝。

花子的母亲走过来，俯下身向达男他们道歉。

“真对不起。这孩子和普通孩子不一样，所以一发起脾气来就特别粗暴。她的眼睛看不见东西，耳朵听不到声音，也说不出话，所以……”

“真的？”

达男的姐姐一时不知如何回应，沉默着低下了头。她用下巴轻轻地蹭了蹭花子的头顶。

生得如此美丽的头发，却是……想到这里，她突然用脸颊贴了贴花子蓬松浓密的头发，然后朝达男瞥了一眼。

达男已经偷偷地爬进床铺里，乖乖地去睡觉了。他知

道花子又聋又瞎又哑后，吃了一惊，肚子疼的事早已抛到九霄云外了。

花子母亲说：“这孩子在不认识的人怀里如此温顺，这可是第一次呢。”

“真的吗？”达男姐姐有些脸红了，“她今年几岁了呀？”

花子母亲神情黯淡地说：“六岁了，但还不懂事，和婴儿一样。”

达男姐姐在心里念叨:“这么可爱的小姑娘，却是这么让人生怜。”

她不再说安慰花子母亲的言语，话题一转开始说起自己的事情。她说自己叫百田明子，现在是女子学校四年级的学生，弟弟达男现在上初中一年级。

花子突然将手指放在了明子的嘴唇上。

“这可不礼貌呀！”花子母亲说着，把花子的手拿了下来。

“我们用嘴说话的时候，这孩子好像隐隐约约地能感觉到。我说话的时候，她就经常触摸我的嘴唇。但是，这孩子却一点儿都不知道我们在说什么，但她渐渐开始知道自己和普通人不一样。”

明子点了点头，拿着花子的小手指放在了自己的嘴唇上，继续说着话。

达男又开始感觉到阵阵疼痛，但他一动不动地忍耐着，肚子里好像长了圆鼓鼓的肉瘤，像火在燃烧一样。他蒙上了被子，嘎吱嘎吱地咬着牙。

浑身发了冷汗，“嗯”了一声，手脚一齐使劲儿，疼得眼泪直流。

但是达男想，在这么可怜的花子旁边，为了肚子疼就吵吵闹闹的，实在太不应该了。

“达男！”明子来到达男的枕旁，叫了他一声。达男突然安静下来，反而令她更担心了。

“怎么样？还疼吗？”

“疼。姐姐，你能用脚踩一踩我的肚子吗？”

“当然不行了！”明子把手伸到被子里，摸了摸达男的肚子。

“哎呀，好疼，好疼啊！”达男像被烫了一样，赶紧躲开。

跟在明子身后的花子着实吓了一跳，花子好像根本不知道达男生病了。

“小哥哥肚子疼，是花子的父亲帮助了我们呢。”明子仔仔细细地讲给花子听，可是花子不可能听得见。

“来。”她说着，拉起花子的手放在了达男的额头上。

花子一惊，立马缩回了手。她似乎想起了什么，哇的一声哭了起来。

是达男渗着汗水的油腻腻的脸让花子感到害怕了呢，还是她对痛苦中的达男抱有同情呢……

“哎呀，真对不起。”明子搂住了花子的肩膀。正困窘时，医生进来了。

乍一看这位老人，就能看出他身上带着乡村医生的特质。他轻轻地摸了摸达男的肚子，扭头朝向明子，询问道：“你们上山了吧。在山上有没有让肚子着凉呢？”

“嗯？让肚子着凉？”

“吃没吃什么不该吃的东西？”

“我们吃了糖栗子。”

“糖栗子？”

“对。从东京出发的时候，在车站的小卖店里买了一包糖栗子。弟弟特别喜欢糖栗子，一个人都给吃光了。”

“在山里边走边吃的？”

“是的。”

“所以嘛，这就引发胃痉挛了。人在疲劳的时候，胡乱地吃一些不好消化的东西就会这样。他以前得过胃痉挛吗？”

“没有呀。”

“打一针，大体上就能控制住了。”

“请问，打完针就能坐火车回去吗？”

“今晚吗？虽说止了疼就能回去，但还是有些勉强，不如让他安静地躺个两三天再回去。”医生说完，朝花子父亲那边看了看。

花子母亲说不用顾虑她家，可以一直住到身体康复。

“没错。既然决定要照顾你们了，就不可能让病着的人坐火车回去。”花子父亲说，“知道是胃痉挛反倒放心了。疼是疼，幸好不是让人担心的病。”

医生打完针就回去了。

花子父亲又去了车站。

“达男真可怜呀，医生嘱咐让他绝食是吧。”母亲笑着说完，就去厨房开始准备晚饭。

“姐姐。”达男喊了明子，说，“一下子就不疼了，肚子也开始变得软乎乎的了。”

“是吗，太好了。你可真让人担心呀。”

“我觉得已经没事了，我们回家吧！还有火车吗？”

“火车倒是有，但是……”

“在这种地方接受别人的照顾，不太好吧？”

“说什么‘这种地方’，太不礼貌了，人家待我们那么亲切呢。”

“我用那个词没什么恶意，但是我不愿意在陌生人的家里睡觉。”

明子以责备的口吻训斥了达男：“达男，花子还在这儿呢。”

达男却满不在乎地说:“听也听不见,不是个聋子嘛。”

“达男!”

达男看了看花子,说:“花子,你听不见吧?哎,听不见吧?”

“你别这样!”明子说着,不禁捏了一把冷汗。但是达男笑着说:“花子,你过来呀,花子。”他又向花子招手,说,“你看吧,果然什么都听不见,也什么都看不见。”

“真讨厌!”明子一挑她那俊秀的眉毛,瞪了达男一眼。她心想,真是个没心没肺的弟弟。

“不要再捉弄她了!怪可怜的。”

“我没有捉弄她,只是确认一下她到底能不能听见。”

“你这样做很残忍。”

达男看着天花板:“是吗?可我不太懂呀。”

“你不觉得她很可怜吗?”

“觉得啊。”

“那你应该照顾她呀。”

“为什么要像触摸肿包一样小心翼翼呢?”

“小心翼翼?竟说些奇怪的话!达男,你真是太狂妄了。刚刚不是一直肚子疼,还在哭吗?”

“我才没哭,那是在笑呢。”

“你真是嘴硬呀！”

“我没撒谎。特别疼的时候根本顾不上哭，那是让人发笑的疼痛。”

明子笑了起来。枕着枕头的达男把头往上挪了一点儿。

“花子，刚刚你啪啪地打了我的头吧。现在我肚子已经不疼了，不会输给你！你怎么还不冲我发脾气呢？”达男说完，做了一个鬼脸。

明子看够了弟弟的恶作剧，她坐在花子的前面，像是在保护花子。

“真是胡搅蛮缠。平时的达男到哪儿去了！就想着跟我作对，真是坏心眼儿！”

“但是，那孩子生起气来可不得了呢。”

“达男！”明子突然变了脸色，“太过分了。像你这样缺乏同情心的人，我不想再管了。把你一个人留在这里，我自己回家。”

“你回去就回去呗。我在这儿和花子成为好朋友，然后一起玩。”

“就你这样的人，花子会和你熟络起来吗？刚刚还只是碰了一下你的额头，她就放声大哭呢。”

达男颇有自信地说：“不不不，那是跟我亲近呢。”

“不是，才不是跟你亲近呢！”明子摇了摇头，继续说，“我还抱了花子呢。花子母亲说，这是她第一次被别人抱着。对不对，花子？”

明子一扭头，看见花子正呆呆地坐着，像一个难以名状的悲凄人偶。

明子想，或许因为花子长得太漂亮了……真正的人偶如果过于漂亮，看起来一定有悲凄之感。

“花子。”明子轻声呼唤，把脸凑到花子面前，观察花子的眼睛。她不由得为之一惊。她想，花子看得见！应该能看见！

明子的脸庞映在花子漆黑的瞳仁上。

这不是看得见吗？为什么看不见呢？

明子注视着那稚嫩的瞳仁，看到里面映出的自己小小的脸，一阵莫名的感动涌上心头。

“花子，这不是看得见吗？看呀！看得见吧！”明子在心里强烈地呐喊，那气势像要使足了力气去摇晃花子的身体……

但是，在花子的瞳仁里丝毫找不到灵魂的痕迹，她只是茫然地睁着眼睛……

明子心想：“因为睫毛过于浓密纤长，在那影子的遮盖下才看不见的吧。”

在那样的睫毛下，花子的眼睛徒具空洞无神的美。

明子感觉自己渐渐被吸入花子的瞳仁，不知为何感到一阵凄凉。她闭上了眼睛，轻柔地抚摸花子的头发。

为什么这个听不见也看不见的孩子，会长着如此乌黑浓密的头发呢……

“这孩子就这样一直不要长大，该多好啊！长大的话，肯定会遇到不少悲伤的事。”

“姐姐，你可真傻呀。”达男笑了，他接着说，“聋也好，哑也罢，只要使劲儿长大成人就好了！我说得没错吧，花子。”

“达男你什么都不知道。像你这样没有同情心的孩子是不会明白的！”

“怎么？泪水开始打转啦？”

“没什么。”

明子双手捧着花子的脸颊，用自己的鼻子碰触花子的鼻子，一连蹭了两三下，额头也蹭在了一起。

花子可能觉得有点儿痒，发出了奇怪的声音，那声音像在说“痒”，然后脸上浮现出微笑。

“笑得像个傻子似的。”达男又在逗弄花子。

“你真讨厌！反正不管你说什么花子都听不见，随便你吧。”

“姐姐，你不要再把那个孩子当玩具玩了，咱们回家吧。”

“你自己回去吧！在火车里又犯胃痉挛才好呢。我可是喜欢那个孩子。”

“哎呀，我也喜欢她……”

“你要是也喜欢她，就不会说那些让人生厌的话。”

“你要是那么喜欢她的话，把那孩子带走不就好了。”

“行啊，我就是要把她带走！”

“人家能给你吗？好像是独生女呢。”

“据说花子是抱养来的呢。”

花子又把手指放在明子的嘴唇上。或许她还不知道那是存在意义的、表示言语的声音。嘴唇的翕动和那有意思的呼吸又意味着什么呢？她隐隐约约地产生这些疑问。

“姐姐，你不回去吗？”达男认真地问，又说，“我因为生病没办法回去，可这太对不住姐姐了。你好不容易才坚持的四年全勤，因为我而请假，我心里过意不去。”

“我一点儿都不在意。”明子说，这次换她嘲弄达男了，“不把花子要到手的话，我是不会回去的。”

明子当然不想缺课，但为了弟弟，她放弃了回去的念想。她想，明天母亲会不会从东京赶来，接他们回去呢？

花子像抚摸珍宝一样，轻柔地从明子的脸颊抚过脖颈。花子迄今为止所知道的人里，明子的皮肤是最细腻光滑的，又充满着青春的温热……

花子把脸凑到明子的胸前。明子散发着很好闻的味道，那是朝气蓬勃、清纯又温柔的少女的甜美香气……是花子第一次闻到的城市女学生的味道……还掺杂着些许今天从山上带来的味道……

花子突然伸出舌头，舔了明子的脖子。

“哎呀，别这样。”明子突然涨红了脸，不禁揩了揩脖子。

床铺里的达男笑着说：“呦，像被猫狗舔了似的！”

明子也实在觉得不舒服，擦了好几下脖子。但是她想，花子是一个眼睛看不见、不能说话也听不见的小孩，这也许是她表示亲昵的方式吧。

明子沉默不语，将自己的脸颊贴到花子的嘴唇上。花子的嘴唇一动也不动。那稍显湿润又温热柔软的嘴唇的触感，比明子想象的还要美好。她想，只是小孩子的天真行为，自己也没必要这样慌张地去擦。

花子的呼吸亲昵地掠过明子的脸颊，那呼吸稍显急促，可能是有了什么让她高兴的事。

“家里也没什么好吃的，现在我们吃饭吧！”花子母亲说着，让保姆阿房把饭菜拿到餐室，“怕做了太丰盛的佳肴，到时候姐姐也得胃痉挛，那可就不得了了。”

然后，花子母亲朝客厅探了一眼。

“哎呀，花子，跟姐姐一起玩呢？真是少见！她都不和别人亲近……”

“阿姨，我姐姐想把花子带走呢！”达男心直口快。姐姐不好意思地说:“哎呀，你这个人！”

“啊，是吗？想要带走这孩子，就算只是随口说说，我也万分感谢了。”花子母亲说完，进了客厅，“真是太好了，弟弟的身体也恢复了健康。”

吃晚饭的时候，花子的母亲突然抬起头来，落寞地笑着说:“她这种吃法真让人难为情，脏兮兮的，请别见笑啊。”

明子沉默不语，只是点了点头。

起初，母亲用筷子夹起菜放到花子的嘴里，但是花子好像不愿意。她用左手压着盘子，想自己吃饭。可她还用不好筷子，一不留神就会把筷子攥在手心里，用手指抓菜吃。这倒没什么，只是她就像动物的幼崽一般狼吞虎咽，那吃相着实显得粗野。

发育迟缓的智力在吃东西时显露无遗，与花子那美好的容颜甚是不相称。

明子低着头吃饭，还把身子蜷得小小的。这样不好，可她也实在看不下去了。她想：“她怎么会是这么任性的孩子呢？”

这时，花子突然停下来不吃了，把手伸向饭桌，像摸母亲、明子那样在半空中摸索着。突然，她端起煮鳟鱼的盘子站了起来，横冲直撞地走向客厅。

“花子，这可不行。哥哥肚子不舒服，什么都不能吃呀。”

母亲说着去追花子，可她已经坐在了达男枕头边上，用筷子夹起鱼举到达男的脸上，鱼汤滴滴答答地落了下来。

“哎哟！”达男喊了一声，一跃而起，“嗯，谢谢，谢谢你，花子。”达男说着，把嘴凑过去，咬住花子筷子上的鱼。

“不能吃呀！”花子的母亲说，“花子，你都给弄脏了！”

“没事没事，没关系！”达男连鱼刺都一起吞了下去，看起来很痛苦地咕噜着。

“没事吧？快吐出来吧。”花子母亲非常担心，却也为时已晚。

明子坐在旁边看着这一切，眼角有些微热。她想，弟弟把鱼吃下去了，是因为他觉得再犯一次胃痉挛也没什么关系。

晚饭时间一过，午间的疲乏让达男睡得很香甜。

清晨的送别

黎明时分，收音机里播放着山间小鸟的啾鸣，是属于这个季节的声音。

明子的母亲喜欢野外的小鸟，每日清早准备明子和达男的便当时，一定会收听广播播放的鸟鸣。

达男平常就爱睡懒觉，一定要赖到最后一分钟才起床。他边洗脸边穿裤子，边狼吞虎咽地吃着早饭边扣上衣服的纽扣，就像是家中失火要急忙逃跑、堪称变脸一样的迅速换装。他急如星火地赶往学校，哪儿能静下心来听听小鸟的鸣叫呢。

昨晚，胃痉挛症状得到缓解后，达男心情愉悦，吃了花子给的煮鳟鱼就酣然入睡了。

"姐姐！姐姐！闲古鸟[1]在鸣叫呢！"

还没到五点，达男就把明子叫醒了。

"闲古鸟？"还在睡梦中尚未清醒的明子应了一声，"郭公鸟吗？现在没有人说'闲古鸟'这个词了。"明子说完翻

1　日语中的"闲古鸟""郭公鸟"均是布谷鸟的别称。

了个身，背对着达男。

“姐姐，你看呀，那不是慈悲心鸟[1]吗？”

“那是十一，鸣叫声是‘十一、十一’。”

“我讨厌什么十一。慈悲心鸟这个名字多好听呀，很久以前它的叫声听起来就是‘慈悲心、慈悲心’。”

“还是十一这个名字好，有新鲜感。”

“我喜欢叫慈悲心鸟。”

“又在胡说。一个小男孩喜欢闲古鸟、慈悲心鸟这种忧伤凄凉的名字，太奇怪了吧！”

“不论是什么，古人都要给它起个好名字，姐姐你是不会明白的。”

“真讨厌，在这儿扮长辈……郭公鸟、十一也都是很好听的名字。”明子字正腔圆地说出那些词，像在细细品味每个词的发音，随后打了个哈欠，“好困，我再睡一个小时，等天亮以后再和你吵。”

“什么呀，不是姐姐先开始吵的吗？”

“是吗？那就叫它们闲古鸟和慈悲心鸟吧，就算我输

1　日语中的“慈悲心鸟”“十一”均指北鹰鹃，因“慈悲心”和“十一”的日语发音与其鸣叫声相似而得名。

了，让我再睡一会儿。”

可是达男起身说：“你听，鸟儿们叫得那么起劲儿。姐姐，你能帮我把防雨窗打开吗？”

“那可不行，这家的主人们还睡着呢。”

“悄悄地，别弄出声音来。”

“那你自己去开不就行了吗？”

“我还有些晕乎乎的呢，从昨天白天开始什么都没吃。哎呀，肚子好饿呀。”

“你声音太大了，会吵醒他们的。”

明子虽然训斥了弟弟，但听到他那朝气蓬勃的声音，想着病已经好得差不多了，安心了不少。

明子开玩笑似的对弟弟说：“你真可怜呀，医生还嘱咐让你绝食呢。”

“真的吗？”达男的语气透露着不安。那样子让明子觉得很可笑，可她还想继续睡觉，便改用冷淡的语气说：“我睡觉了啊。”

星期六的火车和昨天——也就是星期日——的山路，让明子疲惫不堪，双腿到现在还没有恢复力气。

半睡半醒中听见鸟儿的鸣叫，实在暖人心窝，令人心情舒畅。

“姐姐，现在叫的是白腹蓝鹟（wēng）吗？还是赤胸鸫（dōng）呢？”

明子没有理他。

“还睡着呢？”达男探头看了看姐姐的睡颜，自言自语似的说，“叫得真起劲儿呀，真想打开防雨窗来听听！”

他正要站起身来，明子连忙制止。

“不行！我给你开，你老老实实地躺着。”明子坐起来，问他，“达男，你脚疼吗？”说完就给他揉了一会儿腿肚子。

“天亮了吧？”

“对呀，天早就亮了。”

明子把防雨窗打开了一条细缝儿。

“啊，下雾啦。达男，下雾了呢！”

这回是她自己无意间大声说话了。

雾像要笼罩明子的身体一样钻进屋里。明子把睡衣领子合拢起来。

“好美呀。”她站在那里，凝眸远望屋后的杂树林，“雾里的树木若隐若现，好像一直在动来动去。我的头发都湿了，雾越来越浓了。”明子说着摸了摸自己的头发。

雾源源不断地钻进了屋里，各种鸟儿的叫声也朝这边靠近。

然而，雾越来越浓，鸟儿们也渐渐藏起了自己的歌声。

之后，明子大概睡了一个小时。

蒙眬中，明子感觉到有人来了，睁开眼睛，就看到花子抓着纸拉门站在那里。

“哎呀，是花子呀。”明子急忙起身，整理了一下衣着，“啊，好漂亮！花子，你快过来看。”

刚下的雾沾湿了嫩叶，此刻正迎着朝日熠熠闪光。

小鸟像在庆祝雾渐渐散去似的，叽叽喳喳地欢唱着。

“过来呀，花子。小鸟们飞到这儿来了。那是什么鸟呢？”

明子走向檐廊。

白桦树下堆积着去年的落叶，还罩着一层薄薄的雾霭。小鸟边跳边捡拾着什么。

“一共有三只小鸟呢！”明子说着，朝花子招了招手，但她突然想起来了，花子看不见熠熠闪光的嫩叶，也听不见小鸟婉转的歌声……

明子沉浸在美好的清晨里，一不小心忘记了花子和正常人不一样。

清晨的风吹来丝丝微凉，沁入明子的心脾。

明子默不作声，静静地打开了防雨窗。

花子的母亲听到声响也进来了。

“起得真早呀。我来开，你给你弟弟打点儿水吧。他还起不来吧。”

明子急忙俯身行礼，道了一声“早上好”。她只穿着用细带系着的睡衣，实在害羞得很。

花子母亲浅笑吟吟地望着明子。明子穿着从她那儿借来的睡衣，花纹简单朴素却更能衬托出脖颈和手腕的细嫩，花子母亲又看见她那睡乱了的头发，更觉得她讨人喜爱了。

明子规规矩矩地坐在走廊上，一时不知所措，看上去还有点儿难为情。

花子母亲想，花子也快些长大，长成这样的大家闺秀该有多好……

母亲就是这样，总会联想到自己的孩子。

花子母亲又想，如果花子到了懂事的年纪，该有多悲伤呢。

花子靠着母亲的衣服下摆，母亲说：“花子，你那么早就把姐姐吵醒了，这可不行呀。”

明子想，虽然花子听不见，可花子母亲依旧把她当成能听见的孩子，每天都像这样和她说话。

“不是花子把我吵醒的。”明子也把花子当成能听见的孩子，对她说，“是我弟弟呀。天还没亮就开始看小鸟和雾，高兴地闹个不停。”

达男躺在被子里说:“撒谎!那时候天明明已经亮了。”

“今天真有活力呀!太好了。”花子母亲扭头看了看达男，接着说，“雾又浓又厚。那么早就醒了吗?”

“阿姨，在这一带是说‘闲古鸟’呢，还是说‘郭公鸟’呢?”

“郭公鸟呀。”

明子迅速换好了登山装，把洗脸盆拿到檐廊，对弟弟说:“你到这里来洗吧。”

郭公鸟一边鸣叫，一边从屋后的林子穿梭到铁路。

“是闲古鸟。”

达男仰头看着天空，还在倔强地重复着“是闲古鸟”。

当站长的父亲和他们一起吃早饭的时候，大家商量决定让明子一个人先回去。花子父母出于好意挽留了达男，让他再留下休息两三天。

昨天，花子父亲发了电报，不一会儿，明子的母亲就打电话到车站，说要来接达男。但是花子父亲说达男只是轻度胃痉挛，并无大碍，不用特地来一趟。

明子坐的那趟火车是清晨八点多的。离发车还有两个小时左右，这段时间，该怎么和花子一起玩耍呢?她想了想，把花子抱在膝盖上，用手指绕了绕花子的刘海。

那是黑紫色且泛着光泽的秀发……明子抚弄着花子的头发，沐浴着阳光，享受着温暖。

不知道什么时候才能再见面。

到了分别的时候，就更加深刻地觉得花子很可怜。

“哎，花子，你平时都在哪里玩呢？我们去那个地方吧！”明子说着，把脸凑到花子旁边。

明子看到花子一脸茫然，就拉着她的手站了起来。

花子走到院子里，在树下站住了。

“这是合欢树呀。被雾气沾湿了，还在睡觉呢。”

明子牵起花子的手，让她触摸合欢树的叶子。

卡罗从门那儿跑了过来。

花子可能想说：“我经常和卡罗在这棵树下看火车呢。”

之后，她们打开了院子后面的木门，朝铁路走过去。

花子蹲下来摸着铁轨，过了一会儿，她把脸颊凑近铁轨，几乎要贴到上面，仿佛想从铁轨上听见远方……

明子目不转睛地看着花子不可思议的动作。

“花子，你喜欢火车？因为父亲是火车站站长？”

花子如吃奶的孩子一般，像玩玩具一样专心地摆弄着铁轨，可铁轨作为玩具，未免还是太大了。

但是，仔细一看就知道，花子脸上隐约露出了一种交织着喜悦、憧憬、恐惧和茫然的表情。

明子也屈膝跪地，将耳朵贴近铁路。

和电线有所不同，从又粗又厚的铁轨上听不见风声，却能听到很多别的声音。被雾沾湿还吸收了朝日温暖的铁格外光滑，仿佛要吸附在人的脸颊上……

“花子，你去过东京吗？”明子尝试着跟她对话。

但是，如何才能让花子理解“东京”是什么呢？

“要不要和姐姐一起去呢？我们一起坐火车……”明子说着，揽着花子的肩膀，模拟坐火车时摇摇晃晃的感觉摇着她的身体。

花子不知道这是怎么一回事，却高兴地发出了奇妙的声音。她像婴儿一样挥动着双手，那动作看起来与年龄完全不符，但那手指又那么可爱……

明子想：“真想就这样把花子偷走……”

她又想：“这孩子是哑巴，就算被偷走了，也不会对别人说。别人问她家在哪儿，她也听不见。之后找东京的名医给她看看病，到时候眼睛能看见，耳朵也能听见，还会说话了，那该有多好！”

明子思考了一下，觉得就算是住在偏僻的乡下，花子父亲也毕竟是火车站站长，肯定找名医给她看过了。但是，医学技术日益发达，可能还会有奇迹般的治疗方法问世，更权威的医生或许正藏在不为人知的某个地方。

虽然现在还没有治疗的方法，但是等花子长大了，一定会有办法把她治好。如果日本医生不能治，那西方某个国家的医生……

明子想，要跟花子父亲说："要一直心怀希望，等待机会的到来。"

花子喜欢铁路，也可能是铁路在吸引着花子。

明子又想："铁路要把花子引向崭新的命运之路。"

当她这样描绘着花子的未来时，从未在意过的铁路似乎也有了意义。明子想再听听铁轨的叮叮当当，她蹲下时，耳边传来的是中杜鹃的叫声。

"咕咕，咕咕咕咕咕咕，咕咕。"

在树林的幽深之处，煤山雀也在啼叫。

明子催促着花子一起去树林里听那百鸟鸣啭。

"啾啾啾"，是煤山雀那高昂而清透的叫声，衬得山间清幽空寂。这么小的鸟儿，为什么叫得如此威风凛凛呢？

赤胸鸫那婉转且略带粗哑的鸣叫……

明子听了很多鸟的叫声，虽然不知道都是哪种鸟，却能从中轻松地分辨出郭公鸟和十一。

明子沉浸在鸟儿的千啼百啭中，不知不觉就忘记了花子的存在。当她回过神来，才想起花子听不见小鸟的叫声……

硕大的朴树叶子和中等大小的楢（yóu）树叶子之间掺杂着白桦树和榆树的细小嫩叶，金合欢树也绽放着美丽的花朵。但花子什么都看不见……

明子因自己只顾享受美景而对花子充满歉意，她低下头，看到大朵的朴树花瓣散落在脚边，枯萎凋零。

卡罗打着响鼻拱开了草丛，把雉鸡吓得振翅飞起。

明子折下金合欢树的花朵，对花子说："这花很好闻吧！"接着把花递给她，说，"这叶子有点儿像合欢树的叶子，花是近似于白色的淡黄色。还有淡粉色中掺着点儿淡紫色的花呢。"

花子虽然看不见也听不见，但她毫不在乎地甩着手打树枝、揪草叶，就算摔倒了也不哭。

花子精力充沛，身为一个人类孩子，她的举止有些粗野，更像是动物的幼崽。

明子想："她一个人时，也这样跑到林子里来玩吗？要是迷路了，也不知道应该去哪儿……"

她们俩回到家的时候，花子父亲已经去了车站。

达男正百无聊赖地躺着。

明子用木梳子梳着头，说：“我和花子去了后面的树林。那里真好呀，金合欢的花朵香气扑鼻呢！”

“你们去湖边了吗？”

“湖边？这里有湖吗？”

“听说是有。明天我去看看。”

“那可不行！明天你还不能走动。”

“我能走。听阿姨说，湖岸上的鸟是最多的。”

“那湖叫什么？”

“谁知道湖的名字呀。”

“不是湖，是个池塘吧。”

“就是湖！”

“带花子去那种地方太危险了，必须多加小心！”明子说着，把牙膏什么的迅速装进旅行包里。

“要回去了吗？昨天你不是还说，不带花子就不回去了吗？”

“你又说那样的话。把你一个人留在这里，怪寂寞的吧？”

“不会呀。要是我就这么回去了，这里没关系吗？”

“哎哟，你明天要去看湖吗？”明子逗着达男，凑近他的耳边说，“哎，你说我把花子偷走行吗？把她彻底治好了再送回来。”

“能治好吗？”达男吓了一跳，大声说，“她可是又聋又哑又瞎，三种都占了！”

“耳朵要是能听见，就能说话了。”

“真的能治好？”

“不找医生看看也不知道呀……”

“说得也是。”

“回去之后和父亲商量一下吧。如果有好的医生，我就立刻给你发电报。到时候你把花子带回家。”

“好。你跟阿姨商量这件事了吗？”

“如果不先跟父亲说，再和阿姨商量的话，不就变成我在说大话了吗？”

明子准备回去的时候，达男也起身在玄关和她告别。

花子母亲拉着花子的手，一直把明子送到车站。

花子母亲说：“这孩子知不知道姐姐要回去了，所以我们来车站送姐姐呢？”

明子一时不知道怎么回答，沉默地拉着花子的另一只手。

花子母亲又说：“对姐姐哥哥又是打又是扯的，姐姐哥哥还那么宠爱你。”

“花子，以后要来东京呀。”明子的这句话，包含着她的许多心思。

“要是真的有机会再见面，这孩子一定会很高兴，可是……”花子母亲可能想到了，明子他们只是路过的旅人而已。

亲切的火车站站长对行旅之人给予诸多照顾，但那些人也没有再来拜访过。

“哎呀，阿姨，别这样说，让人难受。”

“等这孩子长到你现在这么大，想起你时，你早就嫁人了吧，也根本不知道你那时在何处呢。”

“哎呀！”

“还有，我们也可能调到很远的车站……但是搬到新的地方，最可怜的还是这孩子。等住在那里的人全都知道了这孩子的情况，才会了解她，但是在那之前……”

花子母亲说了对成年人才会说的话。

“这孩子这么快就和陌生人相处得这么好，明子，你真的是头一位呢。”

明子点了点头。

戴着站长帽的花子父亲走到了站台上。

这时，传来火车跨过那座铁桥驶来的声响……

花子的眼睛里闪着光亮，她挥着双臂。花子母亲把她抱了起来，不然花子可能会去摸火车，或者扑向火车。

明子用双手捧着花子的脸颊，对她说：“花子，再见了。”

然而花子并不知道离别的含义，只是感受到火车的巨大力量而兴奋不已，高兴得活蹦乱跳。

明子将上半身探出车窗外，摸了摸花子的头。当花子察觉到车窗在动的时候，她像被火烧了似的叫喊着，两脚也乱蹬。

明子看到，花子那空洞无神的眼睛里竟然渗出大颗大颗的泪珠。

明子泪眼蒙眬，随着火车逐渐地远去。

花子父亲发出开车的信号之后，站在站台上良久未动。

睡醒的湖

应该马上就会收到电报了吧，说姐姐找到了好医生。达男就这样想着等了一天。

“姐姐一回到家，说不定就把花子的事情忘了个一干二净呢。”

姐姐这四年都没有请过假，就算是只赶得上下午最后一小时的课，她也是要去的，于是到了家就会直奔学校。她可能会想，花子的事也没那么紧急吧。

听见卡罗的吠声，或风吹得树叶沙沙作响，达男就从被子里探出头，以为是电报派送员来了。

花子母亲说：“老是这么起来躺下的可不行！你得静静地躺着呀。”

“阿姨，我已经没事了。”

花子母亲摇了摇头，笑着说：“达男，有点儿孤单了吧？”

“才没有呢！”

“肯定是。姐姐回家了，就剩下你一个人孤零零的……是吧，花子。”她把花子抱到身边，说，“花子也很孤单吧？好不容易才遇到这么好的姐姐，可惜这么快就分开了。”

达男看着花子的脸，说：“她看起来可一点儿都不孤单！”又像是生气似的甩出一句，“阿姨，其实花子她什么都不知道。”

花子母亲听后，瞬间变了脸色。

话一说完，达男就意识到自己错了。

花子母亲低着头，像是要用自己的脸挡住花子的脸。她说：“花子她呀，什么都知道。在车站送姐姐的时候，她特别伤心。”

“阿姨，对不起。”达男向花子母亲道了歉，“但是看到花子那一脸茫然的表情，不知道为什么我就有些悲伤，觉得她不会像一般的孩子那样能记住我和姐姐……”

“你说得也有道理。”花子母亲点了点头，“她连你姐姐的脸都没见过，你肯定会想，这怎么可能记得住呢？但是呀，她从来没有把不认识的阿姨或叔叔错认成我或她父亲。”

“要是连自己的父母都认不出来了，那可真是太糟糕了。”

“暂且不论父母，陌生人的话，她也有喜欢的人和不喜欢的人。这孩子的喜好特别明显，真让人困扰，在客人面前就经常做些失礼的事。”

“她还打我、拽我呢！”

“但达男你很快就喜欢上花子了呀，之后也原谅了她。可是大部分人都不想接近她。邻居家的孩子嫌弃她，也不和她一起玩……”

“那花子是怎么决定喜欢谁和不喜欢谁的呢？”

“是一种感觉！就是……这孩子也有各种各样的感觉。虽然堵住了耳朵和眼睛，也没有正常人的智力，我反倒觉得她很敏感。花子果然也是一个人呢，或许有欠缺的方面，但是在其他方面，神明又给了她补偿……”

达男没什么能说的了。

远处传来了夜车过桥的声响。

花子好像有了困意，靠在了母亲身上。

“果然也是一个人呢……”花子母亲的这句话一直萦绕在达男心中。

花子靠在母亲的肩膀上，半睁着眼睛，瞳仁在长长的睫毛下泛着光。花子母亲所说的“感觉”在那里未能显露出痕迹，她的眼睛就像两颗无人知晓、被人们丢弃的黑色宝石。

花子的头从母亲的胸前滑了下来，直接枕在了母亲的膝盖上，这时，她朝着达男的方向笑了一下，随后静静地合上了双眼。

火车鸣着汽笛，好像要出站了。

花子的母亲问："达男，还是觉得有些寂寞吧？"

"我还是第一次自己一个人睡呢。"

"是吗？你还让母亲抱着……"

"阿姨！瞧您说得！"

"那，就是和姐姐喽？"

"不是！我自己睡，只是没有在别人家里自己睡过！"

"是吗？所以有些害怕吧。"花子母亲笑着，又说，"等夜再深一些，狐狸呀，狸猫呀，就在我们家周围边叫唤边转悠呢。"

"阿姨净说瞎话吓唬我，我才不怕呢！那是夜莺和小杜鹃的鸣叫吧。"

"昨晚你听到小杜鹃的叫声了？"

"听到了，'布谷'！'布谷'！"达男说着，惟妙惟肖地模仿起小杜鹃的叫声。

花子母亲吃了一惊，看着达男，心想，这孩子可真有意思。

"不能让你觉得寂寞。今天晚上，我们也在这间屋子和你一起休息……你先帮我照看一下花子。"花子母亲说完，把睡梦中的花子抱过来，在达男的被褥边上放了一个枕头让花子睡下，让保姆阿房去隔壁的屋子里拿褥子。

这会儿，达男正趴在那里观察着花子的睡颜。

“真可爱呀，花子睡觉的时候和我们根本没有区别。”

这么说听起来很奇怪，但花子母亲已经不会再介意了。

“对呀！睡觉的时候，什么聋呀，瞎呀都一股脑儿消失了，也许是这孩子的极乐世界呢。”

“可是，她会做什么样的梦呢？”

“梦？就算是母亲也想象不到花子的梦呀。”

“梦中的花子，也是又聋又哑的吗？”

“是吧……或许是呢。”花子母亲说着，也坐在那里看花子的睡颜。

“也许她不做梦呢。”

“哎呀，为什么呢？这孩子有时候也会在半夜哭起来，有时候还会呜呜咽咽地哼哼呢。”

“可是，什么都没听过、没看过的话，不就没有梦的根源吗？”

“梦的根源？但只要人活着，总会有些什么东西的。”

花子并不知道自己被抱到隔壁房间的被褥上了，她睡得酣甜。

花子在做什么样的梦呢？达男想着想着，也睡着了。

夜里三四点，这里的车站依旧有火车驶过。

“啾咕啾咕，啾咕啾咕”，还不到凌晨四点，赤胸鸫就开始了鸣叫。这天清晨，达男也早早地醒来。

因为昨天只吃了少许粥，达男饿得实在睡不着。

“今早是不是也下雾了呢？”

达男一个打挺从被子里跳出来，透过防雨窗的缝隙看了看屋外。

在花圃旁，赤胸鸫模样的小鸟正边跳边捡拾着什么。它那小小的脚让人看得清清楚楚，好像一伸手就能把它捉住……

花子竟然也起来了。

她从后面抓着达男，像是要带达男去院子里瞧一瞧。

达男无意间说了一句:“花子，你看！赤胸鸫飞过来了。”

花子不明缘由地来到达男的身边，她的眼睛还没有完全睁开，身上好像也没什么力气。达男把她抱起来时，感觉到她的身体很柔软……

“你起得可真早呀，花子。”花子母亲也起来了，说，“达男也起得这么早。在干什么呢？”

“我肚子饿了，就睡不着了。”

“这可是个问题。我现在就去做饭。”

“做饭这段时间，我能带花子去看看湖吗？”

“去看湖？但是达男，你还是个病人呢。”

“我已经好啦。是吧，花子。”

达男为了让花子母亲看到自己精力充沛的样子，撑着花子的两个腋窝，把她举起来转圈圈。

“花子，举高高！举高高！”

花子发出像猴子一样的叫声，扑腾着腿，还哭了起来。

达男吓了一跳，赶紧把花子放了下来。

“哎呀，原来花子是个胆小鬼。”达男说着，使劲儿地摇了摇花子的肩膀。

花子母亲说：“真是个没轻没重的哥哥！”

“阿姨，我们去湖边啦！”达男也不顾及还在哭的花子，拉着她的手就要走。

花子母亲诧异地说：“不行呀，等等！还穿着睡衣呢！”

“哎，还真是呢。”

“真是服气你了。”花子母亲说着就笑了出来，“达男，你的身体真的没事了吗？”

达男迅速换好衣服，先跑到了院子里。

“卡罗！卡罗！卡罗！”他像呼喊自己的狗一样，还吹起了口哨。

“达男，你洗脸了吗？”

“我用湖水洗！”

“真是个让人没办法的小少爷！”

“今早的雾很薄，真是没意思。”

“去雾气太浓的地方会感冒呀。”花子母亲说着，抱着花子来到庭院。

“还在哭呢？”达男说着，用手指拂去花子脸上的泪水，然后赶紧拉着她的手出发了。

“达男，你知道去湖边的路吗？”

“据说有条河，只要顺着那条河往上走就行了吧？”

花子母亲看到，方才还哭着的花子一被达男抓住手，就朝气蓬勃地踏着青草走了起来。

花子母亲刚一进家门，花子父亲就说：“花子要是也有个兄弟姐妹就好了。明子那么疼爱花子，又那么照顾她。达男呢，虽说粗粗拉拉的，但是花子愿意亲近他。他嘴上毫不遮拦地说着聋子呀，瞎子什么的，却真是个有意思的小少爷。说着要去看湖，这会儿就出门了。”

去湖边的路上，雾气沾湿了脚踝。

树荫和草丛中还有些昏暗。

卡罗钻进繁茂的草木里，吓得小鸟振翅飞走。它跑到花子旁边摇尾巴，凉丝丝的水珠四处飞溅。

花子松开达男的手，跑到前面，还向达男招了招手。那招手的方式也有些奇怪，仿佛手里拽着什么似的，下巴也跟着一起动。

“嗯？”

达男正感到疑惑，卡罗已经跑到了花子的脚边。

“小狗更能明白花子想说的东西吧。”

花子摸了摸林子里的树木和花草，她的手一直在动，大概是有很多话想跟达男说……

山背阴处的小湖，正好在此时苏醒。

水面上飘着的雾不知消散到了何处，与其说湖水呈深郁的蓝色，不如说那是沉积了夜的漆黑，平静无澜。

清晨的阳光透过对岸山脊的棱线投射过来。

达男像是被某种神秘所触动，在岸边伫立良久，静默无声。

倘若没有小鸟的鸣叫，达男可能已经害怕得逃走了吧。

灰鹡鸰（jí líng）停落在水边的芦草上，激起微微涟漪，圆形的水波向远处扩散开来，一片寂静……

小鸟的叫声回响在湖面上，听起来格外清晰悦耳……

达男自言自语道：“这山间的湖水还挺瘆人呢。”

湖水让人感到，它从几千年前、未知的久远年代开始，就一直生活在山间。

从蓝靛色的水里传来一些声响……仿佛水底真的住着魔怪。

然而，湖又给人这样一种感觉——它像是山间的明眸，隐匿着善良的心，静静地微笑着……

若是一直注视着湖水，是不是就能解开各种各样的世界之谜呢?

“花子！”达男唤了一声，“这湖真像你！想说很多话却不能说。虽然能映出月亮和云朵，但自己什么都看不见。湖水在沉睡呢。”

达男似乎在思考湖水的童话，他又说:“湖水好可怜啊！湖水心中有各种各样的情感互相交融，可是谁都不理解它。人们以为那只是积存的水，但是呀，湖水是醒着的。”

靠近岸边的地方，水面倒映着嫩叶和花草，看上去就像湖水真的醒着似的。

达男下到靠近水边的地方，坐在一棵高大的栗子树下。他让花子也坐在那里。

“花子，你困了？”

达男问的时候，花子正乖乖地坐在那里。

达男无意间看了一眼脚边，只见花子的样貌正映在湖面上。

湖面上的花子那么美丽。

“花子！花子！”达男喊着，但是他不知道如何才能传达给花子。达男又比较了岸上的花子和水中的花子。

水中的花子，像绽放在湖面的花朵……

“花子，小鸟都能看见自己倒映在水中的影子呢。我姐姐呀，曾经把夜莺的笼子放在镜子前面。起初夜莺没有在意，后来它发现了镜子中的自己，就直愣愣地站在栖木上，看自己看了好长时间，露出奇怪的表情，歪着小脑袋。”达男说着，扶着花子的肩膀，让她的身体前倾。

“来！摸一摸花子的影子吧。”

然后他抓起花子的手，把她的手指浸入水中。

花子猛地缩回了手。

“害怕了吗？水很浅。水中的影子呀，一碰就会消失呢。”

达男又把花子的手浸入水中，花子挺起胸脯，像要撕裂喉咙一般喊了起来。

“小心！”达男说着就去抱花子，结果自己一下子掉进了水里。

“我没事！水很浅！”

达男脱掉了花子的鞋，扔到岸上，又抓起她的脚放进水中。

“啊！”花子喊了一声便跳到岸上。

她向前一直猛冲，撞到白桦树干倒下了，身体猛烈地颤抖着。

达男吓了一跳。把她抱起时，花子挥舞着手，好像在做什么手势。

“什么？这是什么呀？你怎么了？”

花子的胸脯频频起伏，像是要说些什么。可是，达男只看到她痛苦地扭动着身体。

“什么呀，身子骨这么弱。卡罗！卡罗！”

达男想，卡罗也许知道些什么，他朝卡罗看的时候，卡罗正在嗅着花子的气味。达男依旧不明白这是怎么一回事。

总之，花子没有哭，她的脸颊变红了，表情看起来很认真。

“不管你怎么挥手，我都不明白呀。”

达男打了退堂鼓，坐在了花子的旁边。

花子拿拳头打了卡罗的头，又打了达男的膝盖。

“花子心中有一只‘作祟之虫’……”

这就是花子母亲说的，花子在发脾气呢。

达男心想：“她的力气还真大！”他默不作声地挨着打。

这时，花子大概觉得累了。她看起来意志消沉，流下了眼泪。

然后她爬到达男的膝盖旁边，搂住达男哭了起来。

“真让人心疼。对不起啊，花子。花子那么努力地想说出来，可我却一丁点儿都不明白。花子也不明白我说的话……但是，总有一天会明白的，我会想尽一切办法让你明白的。”

达男拾起花子的鞋，说：“回家吧。”

他准备给花子穿鞋，但是花子把脚缩了回去，还摇了摇头。

“嗯？你还想再下一次水呀？没问题。你还真是有精力呢！”达男语气变得轻快，带着花子慢慢地朝湖边走去。

花子从有沙子的地方下水。她站在湖里时，高兴地挥舞着小手。

然后，她又一脸困惑地歪着小脑袋，面带微笑。那遥远的憧憬，如清晨的曙光一般投射到花子的脸上。

“湖水深着呢！你要是自己进去，小心淹着你！”达男说着带她回到岸边，他们坐在了草丛上。

山和湖岸渐渐染上了日光。

小鸟鸣啼不已，还能听到它们振翅的声音。

达男入迷似的注视着睡醒的湖，用右手抓着花子的左手手指，无意间在沙子上写下：

花子、花子、花子、花子……

一连写了二三十遍。

“嘘！灰鹡鸰好像在我们旁边筑巢呢。”达男说着，用手指了指。

这一切，花子既看不见又听不见。

达男已经松开了花子的手指，但花子仍在继续写着：

花子、花子。

她自己一个人，这样在沙子上写着。

“哎呀！花子，万岁！哇！”

达男抓着花子的肩膀，像要把她掀翻似的摇晃着。

“这是文字呀，花子，这是花子的名字！你再多写几次！”

达男的喜悦也传达给了花子。

花子看上去也很高兴，她一笔一画地写着：

花子、花子。

达男注意到，花子在用左手写字。

“哎呀，原来我抓的是你的左手。字，应该用右手写，左撇子会被笑话的。”

达男握着花子的右手又写了很多遍。

“这回好了！这是花子的名字。每个人呢，都有不同的名字。鸟呀，水呀，不管什么东西都有名字呢。”

然后，他抓着花子的左手，让她按一按、拍一拍她的前胸，翻来覆去地重复这些动作。

“这就是花子的名字。记住了吗？行了，我们回家吧。你母亲听了准会大吃一惊。你可别忘了呀。”

他们忘我地跑在回家的路上。

“花子，你六岁了吧。你现在已经记住了字，等八岁去上学的时候，就比那些眼睛能看见的厉害多了！”

达男连鞋子都弄湿了，还沾着泥巴。半路上，他在山谷间的河水里洗了洗脚。

花子在他旁边，试着把自己的手伸进河水。那是流动的水，冰冷地淌着……

水抚过花子的手心和手背，那冰冷的触感让花子高兴得不得了，她的手在河水中翩翩舞动。

“这是河呀。”达男说着，又让花子在那儿写了几十遍：

河、河、河……

“阿姨！阿姨！”达男喊着冲了进来，花子母亲从玄关探出头。

“阿姨！花子记住了字，她还能写呢！”

花子母亲愣了一下。

“来，花子，好好地写。”

达男搂过花子的肩，她就蹲下来，左手砰砰地敲了敲胸口，右手则在院子里的土上写着：

花子、花子。

“这可不得了呀，她知道自己的名字呢！”

“哎呀！”

花子母亲飞奔了出来。

这次，花子舞动着左手，同时用右手写下：

河、河、河。

达男摆出和花子一样的手势给花子母亲看，他骄傲地解释道："她在说，这样流动的就是河。"

"哎呀！"母亲紧紧地抱住花子，"花子！花子！"

花子父亲也从玄关里面往这边看，眼中闪着光。

"真是太好了，花子。"

花子母亲像在梦中一般，她问达男："达男，你是怎么教她的呀？"

"没怎么教呀！"

那天的早饭令人愉悦，站长家从未传出如此热闹的欢笑声……

达男说："阿姨，别让花子一个人去湖那边，太危险了。"

之后达男睡了一觉，晌午过后，他就回东京了。正如昨天早上送别明子一样……

这一切使花子的灵魂苏醒，给予那灵魂光芒、希冀和喜悦——那一直封闭在黑暗中的灵魂，踏入了通往广阔世界的解放之门……

父亲和母亲

花子写下片假名[1]“花子”和“河”，但她知道那是表示语言的文字吗？

她知道那表示自己的名字、流动的水吗？

花子用左手指着自己的胸脯，同时用右手写下“花子”。她用一只手比画着流动的河，同时用另一只手写下“河”。这都是达男教的……但是，花子会不会只是在挥动着手呢？就像演猴儿戏的猴子写字一样……

花子看不见自己写的字，也无法出声朗读它们。

花子连人类使用语言来说话这件事都还弄不清楚。

父亲或母亲说话的时候，花子曾把手指放在他们的嘴唇上，嘴唇的动作很有意思，气息时出时进。

花子也隐约地感觉到，这种方式好像可以传达彼此的情感。但是因为她不懂这到底是怎么一回事，就突然恼火，最后总是以大哭大闹收场。

1　片假名：日语中表音的字符，与平假名相对。片假名和平假名各有五十个，可以简单理解为中文的拼音，但假名是与汉字混用的。

花子母亲说:“达男好不容易才教会花子写字，可是花子能明白自己是在写字吗？”

花子父亲十分肯定地回应道:“明白，肯定明白。”

“是吗？”

“当然了！即使不能一下子明白，一个月、半年，就这样一直写一直写‘花子、花子’的话，她就会慢慢明白这和自己有关。”

“是吗？看着这孩子在不明缘由的情况下写字，反而让我觉得她好可怜……”

“这样想可不好。不抱希望是不行的。如果父母都对孩子的未来不抱有希望，像花子这样的孩子就会失去自己的希望。”

“确实是这样。”花子母亲点了点头。

“如果花子记住了一个词，那就相当于找到了解开世界之谜的钥匙，也就等同于唤醒了她的灵魂。”

“确实是这样，可是……”

“写字这件事，我认为花子现在不能马上理解也没关系。”花子父亲凝视着花子的睡颜，说，“总之，是达男教给她摆动手指的，这件事花子肯定不会忘记。”

“嗯。”

“也就是说，花子每次写‘花子’和‘河’时，都会想起达男。”

“嗯。”

“仅仅如此，对花子来说也是好事呀。一写字就会想起她喜欢的达男和明子，倘若能从中感受到爱，花子的内心也会变得柔软。”

花子母亲又一次点了点头。

花子是个情感淡漠的小孩，更确切地说，花子对他人的情感是听不见、看不见的，她也说不出来，那些情感在她的心灵深处隐藏着、沉睡着。

花子没有看过别人的脸，也没有和别人说过话，所以很少能感觉到自己和别人之间的羁绊，这就让她很难动情。

花子会把到手的玩偶立刻砸坏，是因为她看不到玩偶那可爱的形状和美丽的颜色。像花子这样的孩子，把自己的爱都给了父亲母亲，无法跟别人亲近也是见怪不怪了。

她喜欢明子和达男，就像覆着坚硬外壳的种子出了芽。不久之后，花子也会绽放出爱人之花吧。

知晓一两个词汇，只要有一束光芒在绽放，就会在不久之后也照亮花子的智慧世界，那就是父亲的希望……

“达男做了父母都没能做到的事情，真是花子一生的恩人啊。”

花子母亲也说：“是呀。我们从没想过花子能这么快就记住字。”

花子在睡觉的时候看起来聪明伶俐。她的枕头边上整整齐齐地叠放着达男寄过来的片假名玩具。

回到东京的明子和达男寄来了零食和玩偶。

零食里有ABC字母形状的饼干。

“花子，这是西洋文字呢。”花子母亲讲给花子听，还想让她记住ABC的形状，可是，花子不知道那些是文字，闻了是饼干的味道，咔嚓咔嚓地就吃掉了。

“她还只会写四五个片假名，这就要让她同时记住西洋文字，有点儿难呀。”花子父亲笑吟吟地说。可是花子母亲说：“毕竟是达男特地给我们的字母饼干，下次他来的时候，问花子有没有记住ABC，要是回答都吃掉了，那就太说不过去了。”

“本来就是零食嘛，吃了就吃了吧。”

“如果是记住了之后再吃，那就好了……”

“等到花子真记住了ABC，这些饼干也都受潮坏掉了吧。”

“想让她起码记住一个字母呀！”

相比零食，花子更喜欢片假名的玩具。

那是木头制成的片假名，染着红色、黄色和蓝色。

“花子觉得这是什么呢？知道这是文字吗？”花子母亲说完，花子父亲歪着头，有些疑惑地说：“说得也是。不如让花子试着从里面找找‘花子’和‘河’的字吧？”

“行。五十个有点儿太多了，就拿二十个吧。”

二十个字符中，他们放入了能拼成“花子”和“河”的片假名，然后递给了花子。

花子一开始还觉得奇怪。

她不知道这形状各异的小木头是什么玩具，用手抓抓，像玩积木似的垒起来玩了玩，但没有注意到有的字颠倒了，有的横着放了，还有的背面朝上了。

花子也不知道这是达男寄来的。

花子母亲想，不管用什么办法，都要让花子知道这是达男的美好心意。她就模仿达男，双手捂着肚子，又在屋子里架着花子的两臂把她举得高高的，还转圈圈，之后抓着花子的手指写“花子”。

“啊，啊！”花子高兴地喊着，因为她知道那是达男会做的。

她的脸颊洋溢着光彩。

她更加全神贯注地去摸索木质片假名，终于找出了

“ナ（na）[1]”。

花子把那个片假名放在手心里，仰起脸对着母亲。

“对！对！”

花子母亲用力握住花子的手，让花子写。

花子很高兴，还发出了奇妙的声音。

按照这个方法，花子马上又找出了“ハ（ha）”和“コ（ko）”。

1 “花子”的日语由“ハナコ（hanako）”三个片假名组成。下文中“父亲”“母亲”的片假名分别为“チチ（chichi）”“ハハ（haha）”。

花子清楚地知道达男教她的片假名的形状。

达男在来信上写道:“请用这些片假名的玩具，教给花子各种各样的东西吧！像挂勋章一样在站长和阿姨的胸前分别挂上‘父亲’和‘母亲’的牌子，让花子摸一摸。”

花子父亲十分佩服达男，说:“这真是个好想法。”

他们立即照着做了。

花子的胸前也挂上了“花子”的片假名牌子。

花子摸了摸自己胸前的字，又摸了父亲胸前的“父亲”和母亲胸前的“母亲”……

过了五天左右，花子用铅笔在纸上大大地写下了:

花子

父亲

母亲

那是寄给达男和明子的信。

仅仅由四个片假名组成的三个词，却比任何一封长长的书信更暖人心。

但是花子还不能发出声音读那几个字。

她睡觉的时候也把那些片假名放在枕头旁边，把它们当作珍宝一样。

花子在那木质的片假名上感受到了明子和达男的爱。

保姆阿房有时会带着花子去车站。

火车每每出站时，花子都是一副哭相，原来是想起了送明子和达男离开的时候。

花子母亲想，放暑假的时候，达男他们会不会来呢？等着等着，转眼间就到了秋天。

花子母亲读书的时候，花子就靠在母亲的膝盖上，摸着书的纸张。花子看不见上面的字，对她来说，那仅仅是纸而已。

她想："母亲在做什么呢？"

像之前学"父亲""母亲"的时候一样，花子母亲把片假名放在书上，让花子摸。

下雪

花子等待

达男

这是十一月末，花子在母亲的帮助下写的信。

落雪

静谧的深夜里发出一声惊人的巨响，有时候楢树或是栎树的枝干会落下来，那是枯枝离开了树的声响……

朴树的叶子簌簌地落到地上。

树林里也有了冬天的迹象。

寒风骤起的日子里，杂木的叶子从树林里呼啸而起，在空中飞舞的红色叶子沐浴着夕阳，甚是美丽。可寒风凛冽，让人无法抬头行路。

自秋天起，鸟儿们就一直继续着它们的迁徙。

山间日益寒冷，小鸟的食物也越来越少，它们便结群飞往暖和的地方。

从山脊到原野的路上挂着捕捉小鸟的细网，还放置着很多吸引小鸟的囮子[1]。只要囮子一叫，就能把空中途经的候鸟呼唤下来，这叫作网猎。

花子和保姆阿房一起去了网猎场叔叔的小屋。

花子能隐约地感受到，成群的候鸟被笼子里囮子的叫

---

1 囮（é）子，是捕鸟时用来引诱同类鸟的鸟。

声吸引，纷纷飞了下来。

花子高兴得想跳起来，可阿房紧抱着花子，坐在小屋里火炉旁边的稻草上。随后花子发出了奇妙的叫声，小鸟都逃走了，给捕鸟的叔叔添了麻烦。

网上挂着斑鸫、燕雀、黑头蜡嘴雀等各种各样的鸟儿，叔叔熟练地把小鸟脑袋一拧，放进了挂在腰间的袋子里。花子一刻也静不下来了。

她横冲直撞地跑了出去。

“不行！快停下！”捕鸟的叔叔抓住花子的肩膀，“人可不能让网给挂住了。真拿你没辙。这个给你，别在这儿给我添乱了，回家去！”

他让花子双手抓住的是两只活的金翅雀。

花子高兴地跳了起来，她甩开阿房伸过来拉她的手，愉快地下了山。

黄色、褐色和掺着点儿黄的绿色组成了鸟儿的颜色，花子虽然看不见颜色，却能感受到手心里那温热的、小小的生命……

花子的心扑通扑通地跳着。

金翅雀、煤山雀和戴菊是鸟类里屈指可数的小型鸟。花子不会拿它们和其他鸟做比较，但一想到这么小的鸟在空中飞翔的场景，就觉得可爱得不得了。

花子朝着母亲挥挥拳头，想给她看，嘴里还喊着什么。

“哪儿呢，给我看看。金翅雀？有人给了你金翅雀吗？不要攥得那么紧呀。”正在清扫庭院的母亲探过身子，去看花子手里的东西。

“好可怜啊……把它们放了吧。不然放到笼子里养起来也行呀。”花子母亲说着就去碰花子的手，花子好像以为有人要抢走小鸟，表情突然变得很可怕，手指也更用力了。

“花子，那么使劲儿，小鸟会死掉的！”

柔弱的小鸟果然耷拉下脑袋，闭上了眼睛。

小鸟的身体还存有温热，花子紧紧地攥住它们。

花子左手里的另一只小鸟用脚挠了她的手指，她就拎着小鸟的脚，让它倒挂着。只见小鸟扑扇着翅膀。

花子毫不在乎小鸟的痛苦，高举在自己的头上摇晃。是不是想让它飞呢？可小鸟伸着翅膀，一动不动了。

“你终于把两只都弄死了！”母亲说着，露出不快的神情，“如果要弄死它们，当初就不应该给你。”

花子好像也觉察到了小鸟的异样，试着拽了拽小鸟的翅膀，结果拽掉了一根羽毛。花子先是有些惊讶，随后便接连不断地拔羽毛，一直拔到小鸟的腹部。

“花子，不要做那么残忍的事情！”花子母亲训斥着花子，要把小鸟拿走。但是花子转了身背对着母亲，扯掉了小鸟的腿。她把小鸟的腿从根部拔掉，露出了鲜红的肉。

花子母亲皱起眉头，喊了一声：“哎呀！”

花子父亲戴着站长帽，从门口走进来。

母亲和父亲对视后，说：“这孩子怎么会变成这样呢？这么残忍，要是这样长大的话，不知道会做出什么可怕的事情。”她又担心地说，“一点儿都没有女孩子的样子，也不温柔。”

父亲说：“小男孩也会打死蛇、青蛙什么的，还搞些不像话的恶作剧，破坏玩具。”

“但这孩子把蝗虫、螳螂的头揪下来的时候表情特别认真，看着都觉得毛骨悚然。”

“她眼睛看不见，也就不知道小生命的可爱之处。扯下羽毛和脚，可能是在研究什么呢。”花子父亲边说边注视着花子。

拔下毛的金翅雀真的好小。

花子的指尖上沾了一点儿血，这种恶作剧既没有让她感受到趣味，也没有给她带来快乐。

那是令人很难懂的表情。

是看上去有些落寞的表情。

孤零零的一个人，做些恶作剧……

花子父亲说的也许是真的，花子听不到金翅雀那清越动听的鸣叫，只觉得那是空中飞翔的神奇之物……

花子还非常喜欢花。

从它们孕育花蕾到绽放花朵，花子每天都在花旁蹲许久，倍加小心地抚摸。

她有时把花放进嘴里，吸吮甜蜜的汁水和滴落在花瓣上的晨露，就像蝴蝶和蜜蜂……

又像动物和婴儿，花子什么都想放进嘴里，再舔一舔。这些都是花子表现爱的方式。

转念一想，其实她也会把好不容易绽放的花朵全都拔下来，还把花坛弄得乱七八糟。花子母亲很是吃惊，明明那么喜欢花，为什么就不珍惜呢？不管旁人怎么劝，她都不听。

下雪的时候也是这样。即使花子母亲拉着花子的袖子说:“花子，要感冒了，快进来吧。”花子也一直站在院子里，两只手大大地张开，用手心接着落下的雪花……

她的两只手冻得通红，但从空中飘落的冰冰凉凉的东西让她觉得不可思议。那是比雨更轻盈、更柔软，还比雨滴更能让人感知形状的东西。

雪和雨不同，打在花子的脸上和手上，也不会把她淋湿。

虽说是落雪，却不知从何处静静地飘来，温柔地抚过肌肤，但当你想抓住它的时候，它就消失了。

花子不仅用手接雪，还仰着头，让雪落在脸上，张开嘴吃雪。

花子母亲拿来雨衣，说:“来，把这个穿上。”

花子穿上了外套，却不愿意戴外套上的帽子。

花子的肩上积满了雪。手冻得比雪还要冰冷，手心里也积了雪。

“是不是不知道冷呢？真是个固执的孩子。”

花子母亲拿花子没办法。但她看到花子出神地伫立在纷纷扬扬的雪中，看到那纯洁的模样，不禁为之惊讶。

宛如美丽的雪天使……

落雪之时，是不是只有花子能听到无人知晓的天声呢?

如果一直这样下去，会在积雪里冻死，于是母亲硬是把花子抱进了屋，给地炉添上枯枝，让花子烤火。

花子冻得嘴唇冰冷，声音都发不出来了。

“真是个不可思议的孩子。”花子母亲给花子换下湿掉的衣服，说，“像个地藏菩萨似的站在雪里一动不动，也不会感冒。”

风雪交加的夜晚，火车伴着笛声向前行驶，扫雪车也在工作着。

花子迎来了第七个新年。

自年末开始，花子父亲就因病卧床不起。车站的工作很忙，但他还是休息了。

去东京的医院看了一次病，医生说可能要住院，父亲就和花子母亲商量了一下。

“如果我不在了，花子该怎么办呢？”

“什么不在了，不要说这种话！”

“我说的‘不在了’，不完全是死去的意思。住院的这段时间不在家，也是‘不在了’呀。”

花子母亲松了一口气:“说得也是。”

“以前去出差或开会也有不在家的时候，可那时候花子还小。这次这么久不在家，花子会怎么想呢？”

“没关系，她会乖乖地等着你。”

“也许吧。要是说我去旅行了，花子也不会明白，她分不清‘去别处’和‘死去’这两件事的区别吧。”

“你又说那样的话，真讨厌！”

“但实际上就是这样呀。花子只知道父亲不在家，至于为什么不在家，就很难解释。”

“我觉得可以解释，就算是花子那样的孩子也能明白。”

“真的吗？”

“是呀。首先，说父亲死了什么的，花子怎么能想象得到呢？花子还不知道人是会死的呀。”

“也是。就算父亲死了，要是不带她去临终前的房间和葬礼，花子就不会知道父亲已经死了，她一定还觉得父亲在别的地方呢。”

“你为什么一直说那样的话呢，明明就不是令人担心的病……”

“嗯。”

“你要是不放心，就把花子带过去怎么样？我也能一起去了。”

“这可是要去医院！我不想让花子看到那样的地方。”

“顺便还能让医生给花子检查检查。达男他们不是也说过，要给我们找好的医生吗？”

“那可不行。如果真的有希望，也不会一直拖到今天了。你忘了我们之前跑到那么远的地方，找医生给她看病的事了？”

“嗯。”花子母亲仿佛想起来了，点了点头，“不过，只是和明子、达男见一面，花子就不知道该有多高兴呢。”

“我们不请自到，总归不太好。更何况他们还是孩子呢。”

“如果东京有好的盲哑学校，我想先去看看。”

“你带花子来探望我的时候就可以去了。”

花子父亲选了尽可能暖和的一天，踏上了前往东京的路。

“我去去就回来呀，花子。”花子父亲从火车窗户探出上半身，双手捧住花子的脸颊，还拿额头蹭了蹭花子的额头，以此来代替他内心想说的话。

花子父亲的额头有些微烧。

虽说胡子是今天早上才刮的，但是那苍白的脸看上去又干燥又粗糙。

“花子，父亲要坐火车去东京了，你要好好记着呀，但是他还会坐着火车回来的。父亲不会不回来，只是暂时不在家而已。”花子母亲掰开揉碎地告诉花子，父亲听后也笑了。

直到火车启动的那一刻，花子父亲也没有松开花子的手。

花子母亲抱着花子跑，跟着火车的窗户一直跑到站台的尽头。

这是为了尽可能地加深花子对父亲乘坐火车离开的记忆……

不过，花子似乎没有好好地明白这些用意。

花子去过车站很多次才隐隐约约地感知到，父亲一下达指令火车就会开动这件事。但她很难想到父亲要坐火车离开这个场景。

在这之后，花子每天都心神不宁地到处找父亲。

早上，保姆阿房已经带她去过火车站了，但晌午过后，她拉着母亲的手还要再去一次。

花子在站台上站着，火车一到站，她就发出奇妙的声音，手还伸向车窗。是不是在等父亲来握她的手呢？

花子从达男给她的木质片假名中挑出了：

父亲

并把它们摆在了母亲的膝盖上。

“哎呀！”

花子母亲流着泪，紧紧地抱住了花子。

她们明天就去探望父亲，此行也一定能见到明子和达男。

第一次旅行

车站积了不少雪。母亲抱着花子坐上火车，花子还不知道她们此行是去东京的医院探望父亲。

果然，花子还以为父亲在站台上，给火车下达出发的指令呢。

一到车站，花子就使劲儿拽着母亲的手到处找父亲，还撞到了不少雪堆。

花子父亲如果不回来了，花子可能会在车站兜兜转转三五年，一直一直寻找着父亲。

花子以为父亲只会在车站或者家里，若是在东京见到父亲，她该有多吃惊呢？

父亲出发去东京的时候，母亲把这件事的细枝末节都给花子讲得一清二楚，可是花子还是不明白，在这广阔的世界上存在很多城镇和村庄，而自己的父亲可以去任何地方。

花子只知道父亲坐上了火车，可她无法想象坐上火车之后发生的事情。

然而，家里和车站都没有父亲的身影，这让花子小小的内心充斥着不安，使她完全不能安静下来。就像乳儿寻找母亲的乳房，如果不管怎样都找不到，心底就会产生渴望与不安。

不会说话的花子每天都坐立不安，用她那无声的语言不停地呼唤着父亲。

“花子，我们要去见父亲了呀。”

母亲紧紧地搂着花子的肩膀，她担心火车一发动，花子会害怕。

花子把达男给她的木质片假名放进袋子里，用一只手提着，然后把大的玩偶放在了膝盖上。

铁路两旁堆着雪，在太阳的照耀下闪闪发光。

雪中的铁道一直延伸至远处，好像仍是湿的。

在北国，下雪前的天空昏暗阴沉，持续数日后，就会迎来罕见的好天气。林子里，叶已落尽的树木在雪地上清晰地投下了自己的影子。

高空中像是撒了芝麻粒，原来那是迁徙中的候鸟。

村里的孩子们穿着小小的滑雪鞋在滑雪。

蒸汽让车厢里甚是暖和，从火车里面到窗外银装素裹的山脉，看上去都很幸福。

如果花子看得见，她该有多高兴呢？

自花子出生以来，花子的父亲曾换过两次工作地点。

一次是在花子出生前，一次是在她三岁那年的秋天，所以她记不得自己曾乘坐火车去旅行。

而对于七岁的花子来说，今天是她的第一次旅行。

坐在花子对面的是一位四十岁左右的女士，她看到花子根本不看窗外的景色，还很害怕似的缠着母亲不放，觉得不可思议。

“真是个可爱的小姑娘！”她笑意吟吟地说，“你几岁了呀？”

母亲代花子回答：“七岁了。”

“那明年就要上学了呀。”

女士看着已经七岁的花子在火车里把玩偶当作珍宝一样抱着，想必觉得很奇怪吧。

“这玩偶和小姑娘长得真像呀！也让阿姨抱一抱吧。”她说着伸出了手，当然，花子是一副全然不知的神情。

花子母亲不想让别人知道花子是个身体不健全的人，就对花子说：“花子呀，阿姨说想跟你借一下玩偶呢，可以借给她吧？”然后就要从花子的手里拿走玩偶，可是花子不给。

那位女士当然不是一定要抱玩偶，就说：“没关系的。因为玩偶太漂亮了，阿姨也有点儿想抱一抱。”

花子母亲解释道：“这孩子实在是害羞得很，对第一次见到的人经常不礼貌。”

“没事没事，毕竟是个小姑娘，文文静静的最好了。我还是第一次见到这么漂亮的小姑娘，不由得说上话了。真像画卷中的姑娘。许多可爱的小孩都是家里加倍宠爱的，所以不认生，还装模作样的，但是你家的小姐就不是这样，真是落落大方呢。”

花子母亲甚是为难。要是早点儿告诉对方，自己的孩子既看不见也听不见，那就好了……

火车停在了下一站。

出站的时候，咣当一声，花子她们乘坐的车厢被前面的车厢拽着颠了一下，花子的身体一个趔趄，吓得一哆嗦。她用力地拽着母亲的衣襟，那动作仿佛在说:“怎么了？母亲，这是怎么回事？”

“没事，没事的。”花子母亲说着，轻柔地拍了拍花子的背。

对面的女士看到花子母亲像在哄婴儿一样安慰花子，颇为震惊，便默不作声了。

然而花子丝毫不介意旁人怎么看她。因为花子不知道应该在意世人的目光，也不知道旁人在看着她。

况且花子连自己的家里和火车里都还分不清楚，她只能感受到有一股可怕的力量在运送着自己的身体。

远近都看不见、一丝声响也听不见的花子，根本不知道距离是何物。

手、脚可以碰触到的世界才是世界，是属于花子的狭小世界。

她也不知道方位，像个半夜懵然起身，迷迷糊糊撞到墙壁和纸拉门的小孩子一样。

平日走惯了的院子和附近的路，一旦积了雪，花子就不知道哪里是哪里了。

她想:“火车要开去哪儿呢？朝哪个方向开呢？”

花子沉浸在黑暗的神秘世界中，就算被妖魔鬼怪抓走了，一开始也是不知道的。

总之，只要和母亲在一起便有依靠，倘若不紧紧地抓住母亲，花子一定会害怕，还会大吵大闹。

经过第二个车站后，花子的不安稍微有些缓解。

除了母亲，好像还有很多人在，大家只是在那里坐着，这让花子觉得不可思议。

花子已经坐不住了。她想在火车里到处走走，就像在家里一样。

花子把玩偶递给母亲后，先是摸了摸座椅的布料，天鹅绒的材质，手感非常柔软。

因为是站长的家人，所以花子她们坐在了二等座位。

随后，花子摸了摸车窗的玻璃。

她从座位上滑落下来，蹲在那里用手摸索着什么，当手碰到蒸汽热铁管时，她发出了异样的叫声，一下子跳了起来。

乘客们一齐朝花子这边看，还有人笑出了声。

花子母亲红了脸，慌忙之中把她抱了起来。

“花子，别淘气了！”

但是花子发出像鹩（liáo）哥儿一样的叫声，钻出母亲的臂弯，又去摸热铁管了，好像把它当成了大玩具，一心想钻研那神奇的东西。

花子的肩膀碰到了那位女士的膝盖。花子有些踟蹰，伸手从女士的衣服下摆往膝盖摸去。

“哎呀，怎么这么不正经，太没有礼貌了！”女士掸了掸衣服的下摆，站了起来。

“真对不起，这孩子眼睛看不见……”花子母亲道着歉，头一直低着没有抬起来。

“你撒谎！这么漂亮的眼睛怎么会看不见？一定是脑子有什么问题，从刚才起我就觉得奇怪了。”

“不是的，是真的看不见，耳朵也听不见。”花子母亲按着花子的头，硬是让她给那位女士行礼，“花子，快跟阿姨道歉！”

花子隐隐约约地感觉到那位女士的敌意，于是龇着牙，摆出要上前抓她的姿势。

坐在对面的人说:“真吓人呀，像个怪兽。”

花子母亲把花子抱了起来。

花子挣扎着哭了起来。那哭声听起来比一般孩子的哭声还要悲伤。

那哭声让人听着难受，母亲松开了胳膊。乘客们的眼神让人不寒而栗，还有那冰冷的笑容……

从今以后，这孩子就要这样踏上人生的旅途吗……

母亲想着想着，泪水模糊了眼睛。

花子抓着座位旁边的扶手站了起来，好像以为那是通道，便摸索着走了过去。

“花子，老老实实地坐着！”花子母亲阻止着花子，可是花子不理会。

母亲实在没办法，只好扶着花子的肩膀，跟着她走。

几个同样形状的椅子摆放在两侧，花子觉得很有趣，一个一个地摸着椅子往前走。

有的人不喜欢被花子碰到，看花子走来身边，就故意躲开。

花子母亲一遇到这样的情况，就沉默地低下头，言哽于喉。

花子母亲想，还不如坐在三等座位，三等座位的乘客不会这样摆架子，也不会露出嫌弃的表情。

她又想：“不行不行，身为母亲，如果我都因为这孩子感到羞耻，那花子又会变得怎么样呢？”

花子母亲挺直腰身，重振了精神。

这时，有人说：“小姑娘，欢迎你过来呀！真是个好孩子！”还伸出双手来抱花子。

“真是个惹人怜爱的小孩子！咲子，你和她做朋友，一起玩吧。”那人对自己的女儿温柔地说着。

花子突然被成人的臂弯抱起，有些害怕。此时，一个小女孩握住了花子的手。

花子也握紧了小女孩的手。

对花子来说，手，代替了眼睛来看事物，代替了耳朵来听声音，代替了嘴巴来说言语，成了通往心灵的窗口。所以，花子能从别人的手中感受到普通人未能知晓的、各种各样的东西。比如，那手的主人的品性、温暖的心……

这个名为咲子的小女孩，像握妹妹的手一样握住了花子的手。

花子试着摸了摸咲子的头，那是和自己一样的头发。

花子完全放下心来，双手放在咲子的脸上，用手指摸了摸她的鼻子和耳朵。

“哎呀，好痒呀。”咲子缩了缩脖子，哧哧地笑了。咲子的父亲也笑了。

“这不是挺好的嘛！好像是在摸摸咲子是什么样的孩子呢！”

“是吗？”咲子露出有些诧异的表情，她握着花子的两只手腕，啪啪地往自己脸上拍，边拍边说，“这下你该心满意足了吧。”

花子高兴得前仰后合。

遇见这份亲切，花子母亲再也抑制不住，捂起了噙泪的眼睛。

她向咲子的父亲道谢：“谢谢你，我真的太高兴了！”

看着花子母亲在哭泣，咲子不知所措，怯生生地问：“父亲，为什么她的眼睛看不见呢？”

“别说这样的话，跟她好好玩就是了。”

“好。”咲子点了点头。

咲子比花子大三四岁，看上去有十来岁了，长脸，是个眉宇间流露出温柔的孩子。

父亲说一起玩，可是在火车里怎么和一个看不见的孩子玩呢？咲子不知道如何是好，呆呆地站在那里。

但是，仅仅是这样牵着手，花子就已经很满足了。因为两个人的手在交谈着各种各样的事……

花子绝对没有忘记明子和达男的手给她留下的印象。即使有一百个人伸出手，她只要摸一摸，就能立刻知道哪个是明子的手，哪个是达男的手。因为那手属于疼爱花子的人，是充满生命力的手……

父亲和母亲的手，又有什么不同呢？比如，父亲生气的时候，手是坚硬有力的，血液流速增快；而母亲生气的时候，她的手是与年龄不符的软弱无力。

而且，花子只要用手指捏一捏，就能区分出梅花、樱花、桃花的花瓣，也能分辨出秋季最具有代表性的七种花草：胡枝子、粉葛花、石竹、狗尾草、女萝花、兰草、牵牛花。

比蝴蝶的触角还要灵敏，那是智慧的手……

从咲子那柔软且修长的手指上，花子能感觉到，咲子高挑纤细，身子骨有些弱，温柔且聪慧，等等。

“你不坐这儿吗？”咲子说着就坐下了，可花子还想在火车里走一走，就拽了拽咲子的手。

花子知道这里有几扇车窗，摆着很多座椅，有许多人，等等。但是把这些集合成一个整体的火车究竟是什么东西呢？那看不见的悲哀让花子琢磨不透。

咲子虽然有点儿害羞，但还是陪花子一起在车厢里走。

已经没有人在笑了。人们看着咲子，心想，这真是个友善的孩子。

花子回到原来的座位，拿着玩偶和木制片假名来到咲子面前。

“哎呀，你认识字吗？”这让咲子很惊讶，她开始给木制片假名排顺序。

花子不能读那些片假名，只知道其中几个的形状，这种奇妙的记忆方式令咲子觉得很新奇。

不过这之后，花子的旅行都很快乐。

让咲子和一个异于常人的小孩一起玩，明明是一件不便的事。可比起这个更不便的是，花子觉得咲子不能明白自己的想法，就埋怨咲子，还生起气来。

咲子觉得很奇怪，问:“怎么了？你怎么了？”

快到上野车站的时候，花子母亲诚恳地道谢:“谢谢你陪她一起玩。如果还有机会再见面，请把她当作朋友来对待吧！大家都嫌弃这样的孩子，很难交上朋友啊。”

花子母亲重复了好几遍这些话。

咲子点点头，说:“来东京上女子学校吧，我们上同一所学校。”

花子母亲想:“女子学校?”

花子能不能上女子学校，花子母亲并没有把握，但她对咲子点点头以示回答。

咲子回了好几次头看她们，直至走出检票口。

花子她们出了上野车站直奔医院。

在花子看来，东京像是一个弥漫着烟雾的漩涡，发出巨大的声音转动着。

然而，经历了火车的响声和摇摇晃晃的行驶才来到这里，所以花子并没有被吓到。

可到了医院之后，她的脸色变得苍白，还哭了起来。

多种药物混杂的味道和病患的味道掺杂在一起，还有那令人感到沉重且不流畅的空气——这里到底是怎么了?花子感到恐惧，就像被领进手术室后，看到可怕器械的孩子一样。

而且手碰触到的东西，都是冰冷且令人毛骨悚然的。

花子父亲说:“果然还是不应该带她来医院。”

“花子，是父亲呀!我们来找父亲啦!”花子母亲说着，把花子往父亲的床边领，可是花子哭个不停。

父亲握住了花子的手。

“花子，你来了呀。”

父亲的手让花子吃了一惊。

那手充满病人的触感，还有股苦涩的味道。花子战战兢兢地把手伸了过去。

花子父亲脸颊和下巴的胡子已经蓄得很长了，他急剧消瘦，骨架清晰可辨。因为发烧，身上黏糊糊的。摸了父亲的脸，花子却觉得那不是父亲……

花子想:“这不是父亲……”

花子满脸疑惑，不停地眨着看不见的眼睛。

“花子，是父亲呀！”父亲大声说着，从床上坐了起来，想把花子抱到床铺上。

但是，他没有那份力气了。

花子母亲急忙搭了把手。

花子被抱起来，她才确定那果然是父亲。

不过，花子知道父亲的情况非同寻常，医院给她留下了一种不可言说且不祥的印象。

父亲住在可怕的魔谷里，花子仿佛也被一点点地拉进谷底……温热的风从衣服的下摆吹进来，就像一条冰冷的舌头舔舐着自己……

父亲在哪儿

花子像是来到了魔法城那么不可思议。

刚见过父亲，就来到了明子和达男的家里。

达男从玄关飞奔出来。

“举高高，举高高，举高高！”

就像那天早上在山间的家里一样，他把花子举过头顶，转着圈进了客厅。

“花子，你来了！就住在这儿吧。打算住几天呢？”明子握住花子的手摇了摇。

花子母亲看着明子和达男那么欢迎她们母女，说：“既然这么说，也许花子要在府上打扰几天。”

“好呀！就住在这儿……我先去跟母亲说一声。”达男说着，拉起花子的手去了庭院。

“其实呀……”花子母亲话说到一半，放低了声音，“花子的父亲住了院，我们是来探望他的。看起来情况不太好。万一出了什么事情……她父亲说，真到那时候，花子不在身边比较好……”

明子大吃一惊：“什么？站长生病了吗？”

“是的，过年也是在医院里过的。”花子母亲眼神落寞，“昨天，花子用手摸了摸她父亲的脸，瘦了不少，花子都有点儿认不出来了。后来她父亲想把她抱到床上，也没抱起来。身体虚弱多了……实在是担心。”

“哎呀，那么精神的站长竟然……”

明子想起在山间的火车站，站长过来帮助弟弟时那可靠的形象，看上去那么结实、那么强壮……

“我和弟弟也去探望一下站长吧！真的没想到站长会生病。”

“你们去探望他，真是太好了。可是……”

“哎呀，我们受了您一家人的尽心照顾呀，而且那还是花子的父亲呢。”

“我们也是呀。你们对花子关怀备至，给她无以言说的快乐。正因为花子没办法说话，心里才格外想念明子和达男。我们只是出了微薄之力，还厚着脸皮来府上打扰，也是想让花子高兴高兴……”

“哎呀，阿姨，别这样说。”明子为了打消花子母亲的顾虑，明朗地笑着说，“花子的那封写着‘下雪，花子等待，达男’的信，在我们家里可是大受称赞，还说是名作呢。”

“那也是达男的功劳……达男教给了她片假名呀。”

“听他说了。他在家给我们炫耀花子的信，说着‘怎么样，字可是我教的’，还到处转悠着唱‘下雪、下雪’，像真的看到了下雪的山一样，想去那里呢。”

“花子一直等着你们去呢。”

“‘花子等待’……真让人高兴呀。”

“那信像电报似的，很奇怪吧。”

“不奇怪呀。阿姨，为什么没给我们发电报呢？我们本来可以去上野迎接你们的。”

“可是……”花子母亲欲言又止，迟疑了一下，接着说，“我们想，明子小姐可能已经忘记了花子，即使来了也是吃闭门羹。”

“哎呀，阿姨真讨厌，说这么过分的话。”

可是，花子母亲看到明子家富丽堂皇，就有些胆怯。从明子和达男精致的长相就立刻可以断定，他们出身于有教养的家庭。那真诚和落落大方，也像是良好家庭环境下培养出来的孩子的特质。来了之后一看，是比想象中还气派的大户人家。

大理石的装潢下，一个巨大的煤气取暖炉在燃烧，那火焰的声音，足以使人联想到这户人家的殷实。

煤气取暖炉上方的挂钟，也像是陈设在西方贵族客厅里的那样……

红茶匙和吃点心的叉子也是有分量的银制品。

英式风格的坐垫，厚实且舒适。

花卉图案的窗帘，让人感受到这个家庭的温暖。

然后，站在这间屋里看明子，她不仅是一个妙龄少女，那柔软的耳垂和纤长的手指也散发着光芒。

花子母亲并不认为自己身份卑微，却自然而然地想到自己是个寒酸的乡下人。

明子因为花子来了东京，打心眼儿里欢喜。她问:“可以让花子住在这里吗？阿姨是不是在站长身体好转之前会一直待在这里呢？”

“话虽如此，可是……”

“我们带花子游览东京。”

花子母亲想:“聋哑盲的孩子游览东京？”

果然明子的言辞里还是带着女学生特有的天真率直。花子母亲若有所思地说:“既然你这么说，也许我真的应该让花子留在府上打扰一段时间。”

“哎呀，阿姨，刚才您也说了‘既然这么说，也许花子要在府上打扰几天’。就这么决定了，您不是也让弟弟和我在家里住了那么久吗？”

“明子小姐，”花子母亲恭敬地抬起脸，说，“我不是因为收留过达男才这么说的。是因为明子小姐和达男待我们如此亲切，所以想请你们帮这个忙，并不是为了让你们帮忙才来府上拜访的。这件事也得跟你们父母好好地商量一下。”

“跟父亲和母亲商量一下？说是会跟他们说，可是根本不用商量，何况也不是什么大事，母亲一定会很高兴的。”

“对不起。”花子母亲说着，低下了头，“我刚才也大概说了一下，那孩子的父亲情况不太好……要是真发生了什么事情……”

“阿姨，不要吓唬我呀。站长才不会出那样的事！”

“嗯，但是，看到他病的情况，我想，不能没有个心理准备。医生也是这么说的。”

“情况那么严重吗？”明子担忧地看着花子母亲。

“花子是有残疾的孩子。我曾向神明祈祷，至少让她的父母都长寿。假如其中一个人有什么不幸，或是另一个人没有幸福之事，那花子也太可怜了。”

明子没有说话，只是点了点头。

“发生这样的事情，真是做梦也没想到。”

“可是，阿姨……”

“嗯，我也没想过花子父亲不久会去世。但是命运无慈悲可言，不可能因为有一个残缺的孩子就延长他的寿命。”

“别说这些听了让人伤心的话了，我希望阿姨能健健康康地活着。”

“真希望如你所说。”花子母亲拭去眼角的泪，继续说，“让明子小姐也如此伤心，实在过意不去。因为曾经想过把花子拜托给明子小姐，所以，不知不觉就说了些多余的话。”

“当然没问题。阿姨在医院照顾站长的这段时间，让花子待在我家，行吧？”明子爽快地说道。

“的确想这样做。不过，我提出如此任性的要求，不知道明子小姐能否理解我的心情？”

“嗯，我明白。”

“护理病人的时候，花子并不会添乱。如果病情逐渐转好，那孩子或许也能做一些力所能及的事情，照看一下父母。但是，我不愿意让她目睹父亲的逝去。如果那孩子是正常人，就什么都不用考虑了。对于小孩子来说，虽然很残忍，但让她在亲人的枕旁告别也是应该的。对于即将去世的人来说，要是连唯一的孩子都不在身边，也太凄惨了。但是，花子是那样的孩子呀。达男教给她的片假名，虽然立刻就记住了，也说明她并非是个完完全全的傻瓜，但是智力还未发育。一般七岁孩子所了解的这个世界，和花子的世界相比，大有不同。花子一定认为东京和山里的小镇是一样的。世界上有几亿人，生生死死，那孩子也都不知道。应该怎么说呢，花子的生活那么狭小，但从一件事上得到的感受反而比别人强烈。很多事情如果无法进入眼睛和耳朵，就不会让她精神涣散，也不会扰乱她的内心。与一般的孩子相比，花子的头脑里有更多的空余，就像没有染色的白纸一样。所以，等到父亲去世的时候，光是这件事可能就会把花子的脑袋装得满满的。她如果知道死是怎么一回事还好，可父亲在忍受着痛苦，身上有令人嫌弃的味道，身体逐渐冰冷，就这样不见了，花子会怎么想呢？”

花子母亲泪眼婆娑，连明子头上的蝴蝶结都看不清了。

窗边盆栽里的红梅花在盛放。

午后的阳光照在庭院里，能听见达男朝气蓬勃的笑声。他们像小狗一样在宽阔的草坪上打滚儿、玩耍。

“这次就没办法和那孩子解释父亲住院的事情。在花子看来，她知道父亲不在家，可为什么不在家，她做不到向其他人询问或是自己思考。她拿着达男送给她的片假名，在我的膝盖上摆‘父亲’这个词，我就决定带她一起来了。不出所料，她觉得医院很恐怖，害怕得不行。再知道父亲的死，会怎么样呢？父亲去世的时候、葬礼的时候，只要花子不在

现场，她可能会一直以为父亲仍然生活在某个地方吧。花子完全不知道人会死亡。这种情况下，眼睛和耳朵的残疾反而是一种幸福呢……”

明子已经听不下去了。她突然双手捂着脸逃出客厅，在走廊边跑边哭。

不久，明子的母亲进来了。

在母亲们寒暄的时候，明子站在母亲的身后，看见达男抱着花子进来，又把脸埋进了母亲的肩膀。

“母亲，她很可爱吧？”现在只有达男还神采奕奕的，“她很听我的话，可好玩了！来当我们家的孩子吧？嗯。当我的妹妹吧？嗯。不论我说什么，她都是‘嗯’。因为不管跟她说什么，她都听不见。”

“这个孩子！”母亲正要训斥他，可达男还是若无其事地说：“姐姐也跟站长约定好，想要把花子要过来呢。”

“是吗？”达男母亲笑了，说，“那你们俩就怀着把她要过来的打算，好好照顾她吧。毕竟花子会在我们家待一段时间。”

虽说是照顾，可是花子不同于一般的孩子，这是个艰难的任务。

总是围在父亲和母亲身边的花子，在别人家一个人能睡得着吗?

要怎么喂她吃饭呢?

当天晚上，为了让花子熟悉熟悉这个家的情况，花子母亲也和花子一起住在了明子家。

陪花子在明子家住一晚，也许能让花子觉得母亲一直在这个家里。

隔天晚上，花子母亲从医院打电话过来。

“喂，是明子小姐吗？花子……”她的声音有些发颤。

突然，明子大声喊道:“达男，花子的母亲打电话来了！”

“电话？花子，快来，你母亲来电话啦！”达男急忙把花子抱到电话听筒旁边,“什么呀，听也听不见。我可真傻。”

这话被电话另一侧的花子母亲听到，她笑了笑，问:“她还乖吗？”

“乖，她就在这儿呢……”

“受你们的照顾了。”

“没有没有。站长怎么样了？”

“唉，情况不太好。我今晚不能去府上了……”

“哎呀！”

“花子就拜托给你们了。”

“好！没问题。请站长多保重……”

达男在旁边说:“喂!花子,你不跟母亲说点儿什么吗?”

有了!达男想出了好点子,他伸手到花子的腋下抓挠。

花子哧哧地笑了起来。

“哎呀,花子!”花子母亲的声音变得明朗,她继续说,“花子,晚安。花子,乖乖地睡觉,晚安。”

随后,花子母亲挂断了电话。

明子抱紧了花子,使劲儿用脸蹭她的脸,说:“花子,母亲在电话里跟你说晚安呢。花子听不见,可她也跟你说了晚安呢。”

明子涌出的泪水落到了花子的额头上。

不知道花子在想什么,她像点燃的火一样哭了起来。

“姐姐,这怎么行呀,动不动就哭。”

“可是……你是不会懂的。”

“我不懂什么呀?”

“花子母亲的心情……对着听不见声音的花子说‘晚安’,还说了两次。”

“如果听不见,就多说几次呗。就算是对着聋子,也会说‘早上好’‘晚安’呀。怎么了?真是个爱哭鬼。”

“行了。你是男子汉。你又成不了母亲……”

达男听完也硬气不起来了。

“因为刚刚你没有听见花子母亲的声音，才会说那样的话。”

“什么样的声音？”

“你个傻瓜，这怎么能模仿得来呢？”

“因为听说姐姐能当母亲了，模仿一下母亲的声音应该没问题吧！”

“真讨厌！”明子不由得笑了，花子则边哭边顺着走廊朝玄关的方向走去。当明子和达男觉察到的时候，他们看了看彼此。

花子就像完全能看见了一样阔步向前……那样子就好像花子知道这里不是自己的家，她要从这里出去，去找父亲母亲……

但是，花子哐啷一声撞上了摆在玄关角落的装饰桌上的花瓶。

明子和达男飞奔过去。

花子哭泣不止。

明子的母亲找来了以前的玩具，可是花子立即就给扔了。

她在家里走来走去，东碰西撞，一定是在找父亲和母亲。

这该如何是好呢，大家都很难过。

“真是伤脑筋。请医生给开点儿安眠药，或是打一针吧。”

连达男都无计可施了。他从木制片假名中拿出“父亲”“母亲”，让花子握住，花子点了点头，抱住了达男的胳膊。

“真是可怜！”达男母亲说着，看了看达男父亲的脸。

达男抱着花子往卧室走去。

“哎呀，达男，把花子送到我那里去！”明子吃了一惊，但是达男一声不吭地钻进了被窝。

“达男，你打算抱着她睡吗？”

“嗯。”达男盖着被子，把头藏起来了。

明子在枕头旁边站了一会儿，她换上睡衣，躺在了旁边的床铺里。

“花子睡着了吗？”

“没，还没。姐姐，你能唱一首摇篮曲吗？”

“唱了她也听不见呀。”

“真是的，姐姐果然还是不行。花子的母亲知道她听不见，还是对她说晚安呢！”

“哎呀，确实是。”

明子开始小声地唱。

第二天，明子去医院探望花子父亲，顺便借来了花子母亲的围巾。

正如明子预料的，花子摸了摸围巾，又闻了闻味道，睡觉的时候也要放在身边。

“有了母亲的围巾，总算放下心来，能好好地睡了。”

明子看着花子的睡颜，捏了捏她的睫毛。

达男说：“这可不行，她会醒的。”

“嗯，可是，实在是太漂亮了……”

过了一会儿，明子平静地说：“哎，达男。如果不让花子看到她父亲去世，花子就会觉得父亲还生活在某个地方。你觉得怎么样？”

“觉得怎么样？”

“姐姐想了一下，她父亲去世的时候，你真的不觉得，花子还是应该在父亲身边吗？”

“这个……”

“即使是残疾的孩子，也拥有蓬勃成长的力量。不论让她经历什么样的悲惨现实，也一定会平安无事的。姐姐相信花子的生命力。”

“真难说呀。”

“我一想到花子这样长得天真无邪的孩子，在睡梦中父亲突然去世了，就难受得不行。”

“真的吗？站长他……”

“对，好像快不行了。别睡了，起来吧！我们替花子想想站长的事情吧。”

“好。”

寂静而寒冷的冬夜，星星大约也还醒着。

庭院里叶子落尽的树影使人恐惧。

原本无风，玻璃窗却吱呀作响。

花子的肩膀突然抖动了一下，她立刻睁开了大眼睛，眨也不眨地注视着那看不见的虚空。

不知道是做了什么噩梦，她尖叫起来。

明子打了个寒战，喊着“达男”，握住了弟弟的手。

恰在此时，花子父亲的魂魄升入天空。

前往东京

花子始终不知道父亲已经去世了，这多亏了花子母亲的费心……还多亏了明子和达男的怜惜体贴……

“父亲还在某个地方生活着！”直到若干年后，花子都这样相信着。

对于年幼的孩子来说，不让她知道最悲伤的事——父亲已经去世——或许是为了她好。但旁人一想到花子不知道这件事，就觉得她更加可怜。

人会死去，花子怎么也想象不到。

花子曾摸过死去的蝴蝶和蟋蟀，把它们的翅膀和腿都扯下来了。

前不久她还弄死了捕鸟的叔叔给的金翅雀，连带着把腹部的羽毛都给拽下来了。

那时，花子母亲担心地说，这孩子有非常残忍的一面，没有女孩子特有的温柔……

花子父亲却回答道：“她眼睛看不见，也就不知道小生命的可爱之处。扯下羽毛和脚，可能是在研究什么呢。”

或许正是这样。

花子看不见小鸟和虫子活泼飞翔的样子。

但是，花子心灵的眼睛可以明确地感受到，到处都充满着生命。

青草茁壮生长，花朵瞬时绽放，这些在花子看来都是有生命的。

花子并不能像看得见的孩子那样，清楚地知道动物和植物的区别。

花子想和小草、树木见面的时候，总会去小草、树木那里。

春天萌芽，秋天叶落，万物都有规律，不会像不知从何处来又归向何处的蝴蝶一样，让花子困惑。

花子比普通的孩子更能感受到这个世界的神秘与惊奇，但是她最难以想象的是生命体会死去。

动着的东西不动了，温暖的东西变得冰冷。她摸一摸死去的虫子，不禁觉得凄凉，就想生气，于是把它们的毛揪光，如同在探寻消失的生命。

但是花子做梦也没想过父亲也会有死去的一天，父亲只是不在自己的身边而已……

那么，父亲去哪儿了呢？花子将用很多年来不停寻找父亲的所在。

和母亲乘坐火车的时候，花子就以为父亲先回到了乡下的家，还高兴得又蹦又跳。

她还不知道母亲胸前抱的是父亲的骨灰。

花子看不见明子送的花束全是白色的。

白色的玫瑰、白色的康乃馨、白色的百合……

“给，花子。”明子把花束递给花子，之后嘟念道，“这是给你父亲的花呀！”

就算她大声说，花子也听不见。

通过花的香味，花子立刻就知道了那是百合和玫瑰，她只是很高兴。

花子可能在想，东京在冬天竟然也开着这样的花。

看到花子高兴的样子，明子更加伤心了。

花子的母亲也什么都说不出来。

“天气真冷呀……”

明子点点头。

“明子小姐，回去的时候不要感冒了，注意身体。”

“我没事，阿姨才要多多保重啊！”

“好的，谢谢。”

“接下来要去寒冷的地方了。”

“已经习惯寒冷了。”

“可是……”

站长的去世，更是让人觉得寒冷刺骨吧。

“雪越下越大了。”花子母亲继续说，“可能会积雪，早点儿回去吧。”

“好。我特别喜欢雪。”

临近黄昏，鹅毛般的大雪纷纷扬扬。

街道的屋顶上已经全是白色了。

“如果喜欢雪，冬天能到我们那儿一次就好了。”

“好。仅是在广播里听到滑雪场的积雪厚达多少厘米，就觉得心情舒畅。”

“遇到这样的雪我们就该犯愁了，一疏忽大意就通不了火车了。”

“站长就担心这个吧。”

“真想让明子小姐看看铁路的扫雪工作，很累人呢。”

“这趟车能顺利到站吗？”

“不知道呀。”

“真想和您一起坐这趟车过去。一下雪，眼前就总是出现那座山。”

“我倒是希望能像明子小姐这样年轻呢。”

“哎呀！”

“我家已经没有站长了，也能想想该如何享受雪天了。”花子母亲说着，露出了寂寞的微笑。

明子低下了头：“对不起。”

花子母亲注视着明子，说：“这次受到你们这么多的照顾，还让你们跟着一起悲伤……”

“别这么说，阿姨……”

“让你和达男都这么伤心，真的太不好意思了。不快乐的事情就到今天为止，请将它们忘记吧。”

“好。”明子不由得点了点头。

“我过多地考虑花子的感受，还让明子小姐你们跟着一起哭，我太自私了。”

“那是因为花子太可怜了。”

“但是明子小姐还小。别介意这些事，打起精神好好生活吧！”

“阿姨，我懂得世间有令人悲伤之事呀。”

“话是这样说，可明子小姐的家是幸福满满的呢。”

“是吗？”

“有时为他人流泪，也许能起到药物的作用呢。”

“不管为花子流多少泪，也哭不够。”

“哭解决不了问题，我也不喜欢哭哭啼啼的。请帮我跟达男道声谢吧。”

“好。达男本来也想来送您，可是您说他不可以来。”

“是呀，我不想让小孩子看见人死去化成骨灰的这些事，再说天还这么冷……”

明子想到，这趟火车驶向的山里小镇，积雪堆得有屋顶那么高，到达时已是半夜，就又觉得花子实在是可怜。

“如果弟弟也来送行，他就能把花子逗乐，一定热闹得多。”

“花子很精神呢。她觉得父亲在乡下的家里等着她……”

“是呀，不过回去之后，发现父亲不在家的话……”

“大概会想，他还在东京的医院吧。”

“那样的话，还会想来东京吧？”

“还会来的呀！”

“哎呀，真的吗？”

“对。我打算把乡下的家安顿好，再到东京来。”

“太好了，你们快点儿来……”

“我还想在东京找份工作。”

“阿姨吗？”

“是呀。”花子母亲坚定地点了点头，继续说，“具体如何还没有决定，可是，我想为像花子这样不幸的孩子们做些什么。世界上有很多看不见、听不见的孩子呢。因为我有花子，所以能想到这些孩子的情况。如果我能在聋哑学校之类的地方工作，对花子的教育也有帮助。”

明子很感动。

这是在悲伤之中振作起来的，为了自己的孩子和其他人家的孩子，勇敢下定决心的母亲。

明子说：“我也想助阿姨一臂之力。”

“那可不行！我希望你一直是幸福、开朗的大小姐。”

“我可不愿阿姨一直把我当作大小姐。”

“不是这个意思。只是看着明子小姐这样的千金，就已经是很大的慰藉了。”

“那不就和看玩偶一样吗？”

“因为总在真诚地倾听他人话语呀。”花子母亲笑着说，“我有这样的想法，还是多亏了达男。达男不是教给花子片假名了吗？因此我就明白了，不能放弃对花子这样孩子的教育。这让我有了希望。达男是我们的恩人呀。”

即使站长不在了，花子母亲也怀着希望，决定和花子两个人一起走向新的生活。这点亮了明子的心。

灰色的雪空中也有生命的光亮。

“这样的话，阿姨马上就会再来东京了？”

“对，我尽量早点儿来。”

“把花子放在我家好不好？我和弟弟两个人照顾她。如果看到很多人去您家慰唁，花子会不会就知道父亲的事情了？”

“谢谢！我想她大概不会知道。等我们再来东京的时候，请一如既往地宠爱她吧。”

“已经要开车了……”

“再见了。”

“再见。花子，再见啦。”明子双手捧着花子的脸颊说，“花子，暖和吧。回到家里，如果发现父亲不在，该多可怜啊！会怎么找呢？”

“父母在孩子的身体里努力地活着呢！”

明子点了点头，热泪盈眶。

火车出发了。

透过车窗，能看到花子捧着那白色的花束……

火车行驶过的铁道上，雪落下又消失，消失又落下。

到达那山间小站的时候，车顶也会积很多雪吧？

花子马上就睡着了。在东京发生了很多事，她好像累了。

花子母亲几个晚上都没有睡觉，她把丈夫的骨灰放在膝上，也没能略睡一会儿。

看着花子的睡颜，和父亲还在世的时候相比，没有任何变化。

花子母亲想，必须要让这孩子好好地成长起来，让她不逊色于其他看得见的孩子。

花子母亲把围巾盖在了花子身上。

花子小心翼翼地抱着白色的花束，她不知道这花束是给父亲的，光想着是明子给自己的……

花子的脸像绽放在玫瑰和康乃馨之间的浅桃色的花，天真烂漫。

母亲小声地说："哪怕只有一次也好，真想让花子看看自己这可爱的脸。"

她想到，花子父亲在世的时候也常常这样说。

虽然已经是深夜，但在山间小镇的车站里，站员们都在站台上排好队，迎接站长的骨灰。

"站长！"有个年轻站员刚说完就哭起来了。

站员的家人们还有镇上的居民也都来了。

花子母亲回应着大家的慰唁，说："大雪之中，大家冒着严寒拨冗前来，真是太抱歉了。雪积得这么厚，扫雪工作也很辛苦吧。"

“再也听不到容光焕发的站长的指令，大家都感到很寂寞……”

“才去了东京几天，这雪下得都快认不出小镇的模样了。”

“下了很大的暴风雪呢。”

“大家都辛苦了！”花子母亲替站长跟大家道了谢。

副站长安排大家进屋，说：“到暖炉旁稍微暖和一下吧……”

花子像只小狗一样哼哼地打着响鼻，寻找着父亲的气息……

她摸了摸每一个站员。

一进办公室，花子就朝着站长的办公桌走过去，一屁股坐在了那张椅子上。

虽然父亲不在，可是坐在了父亲一直坐的位置上，她便感觉到了父亲。

“小站长，可爱的小站长！”年轻的站员看着花子的脸，又说，“明天开始，每天都来站长的椅子上坐一坐吧！”

年轻人拉着花子的手走着。

家里灯火通明，很多人聚在这里。

为什么如此喧闹，花子不知缘由，只是对父亲不在这件事感到十分奇怪。

然而，许多东西上都残存着父亲的气息，所以花子在家里的房间来来回回地找。

母亲递给她站长的衣服时，花子稍显安心了。

翌日清晨，花子一醒来就想去车站。

“真伤脑筋，总之带她过去吧。”母亲让保姆阿房带她去。

卡罗也跟着去了。

“哎呀，小站长，欢迎光临。”昨天的年轻人来迎接她，恭敬地行礼后，让她坐在了站长的座位上。

火车一到，副站长就抱着花子过去，下达了发车的指令。

花子觉得很好玩。

但是，她摸了几次副站长的脸，歪着脑袋，像是在思考这为什么不是父亲。

就这样，花子每日在车站和家之间往复，那样子使人既生怜又不禁落泪。但母亲意识到，花子在一心想找父亲的过程中，好像突然增长了智力。

这又让母亲觉得花子更加可怜了，但也未尝不是一种安慰……

“只凭着愉悦和高兴的事情，并不能茂育人心，所以花子也变得强大了。要和这座小镇说再见了，希望花子不要忘记她留恋的故乡……”

花子并不知道要离开深埋雪中的故乡时，就启程了。

何时又会回来呢？

明子和达男来上野车站接她们。

在少有熟人的东京，读女子学校的明子和上中学的达男给花子母亲带来了力量。

“说真的，我都不觉得你们是外人了。”花子母亲深深地感叹道。

“怎么样呀，花子，你没想到自己这么快就成为东京小孩了吧。”达男咚咚的拍着花子的肩膀，“花子你知道吗，路过你父亲那个车站的火车，都是来东京的！一到东京就停下啦，不去别处了，坐火车的人也都下车了。”

花子母亲笑着说：“达男，你和花子聊得真好。”

“我早就知道花子一定会来东京的。”达男拿着包成四方形的纸包在花子面前哗啦哗啦地晃了晃，“花子变成东京小孩了，这是祝贺礼物。”

“哎呀，刚一到车站就得到了祝贺。这是什么？”

“阿姨，这次我要教花子识数！”达男赶快打开了纸包。

那东西像算盘似的，一根木棍上穿着十颗圆珠，十根排列在一起，圆珠可以动。小学一年级学生开始学习数字的时候，用的是比这个小的工具。

“哎呀！”花子母亲非常高兴，“达男真是一位好老师。比起学校，更想让花子拜达男为师呢。”

达男真是想出了好点子。花子母亲感叹，他虽然总是精力充沛地开着玩笑，却是个不折不扣的聪明孩子。

性急的达男在汽车里就开始教花子识数。

他抓着花子的双手，掰着手指，慢慢地数着：“一个、两个、三个、四个……”重复了四次。

然后是每掰一次花子的手指，就拨一颗圆珠。

“怎么样，这里摆了和你手指数量一样的圆珠吧？这就是十。”

花子母亲预先租好了住所，小小的，就在上野公园后面。汽车开到那里的时候，达男和花子还沉浸在识数中。

“一个、两个、三个、四个……”

不一会儿，花子弯一下左手的手指，就会用右手的手指去移动一颗圆珠。

“阿姨，这可得喊万岁啦！花子记住了！”

“谢谢，达男，谢谢！”花子母亲点了好几下头。

达男让花子摸一摸母亲的身体，说：“一个。”

又摸一摸明子。

“两个。”

然后，花子去摸了达男、保姆阿房，还摸了自己，把圆珠拨到五。

“阿姨，一定要让花子用这个算盘识数。”

“好的，好的！我们一定全力做好达男老师留的作业。”

花子可能模模糊糊地知道，将没有意义的圆珠摆在一起后，实际上是表示数字的。

像木质片假名一样，花子在睡觉的时候把算盘放在枕头边上，去别处的时候也会拿着。她也会明白，十个十放在一起，就组成了一百吧。

春天院子里的石头

时近春天的一个星期日，明子邀请花子一起去银座[1]。

对花子来说，银座虽然和郊区小镇并没有什么不同，却隐约有种华丽的气息。

花子被牵着手的时候就走得很好，只是盲人终究有所不同，偶有过往行人回头看她。

“哎呀，花子！花子！”

有人从身后追上来抓住花子的手，竟然是咲子。

花子记得，咲子是在火车里友善地和自己一起玩的女孩。

仅仅是触碰到那纤长的手指，花子就知道那个人是谁。

花子高兴地发出声来，立刻就拉着咲子不放。

咲子看了明子一眼，红了脸。

明子问：“你认识花子吗？”

“嗯……”咲子支支吾吾，因为她看到明子实在美丽得耀眼，“是的，嗯，也不是很熟悉，在火车里见过。但是我

1　银座是日本东京中央区的重要商业区，象征着日本的繁荣。

们约好了，要上同一所女子学校。”

“哎？女子学校？”明子温柔地笑着，说，“我们三个要是上同一所学校就好了。”

“哎呀！”咲子偷看了明子一眼，心扑通扑通地跳。

这时，咲子的母亲追了上来。

“我们三个要是上同一所学校就好了！”咲子想着明子的话，特别开心，脸颊热热的。

明子的面孔很是灵动，乍一看是聪颖的美丽少女，但笑起来的时候，那温柔让人想要抱住她，而且眼睛里总是带着少女的莹润……

还有那明朗、清澈的声音，咲子仅仅听了一次就无法忘记。

咲子看着明子好不容易带花子出来一起散步，可花子既看不见明子的脸，也听不到明子的声音，她觉得这实在是太可惜了。

咲子想，如果有人能像明子那样亲切地对待自己，自己该有多高兴呀。

咲子母亲邀请她们去银座后面一家叫作“三色旗”的西式点心店，进入店里，明子把花子抱到椅子上，用叉子把苹果派切成小块，送到花子的嘴边，说：“来，里面甜甜的是苹果哦！花子的老家也有苹果地吧？”

咲子母亲非常感动，望着她们俩说：“你对她真好，就像她的母亲一样。”

茶碗也是明子拿着，给花子喝里面的可可。

咲子很羡慕，羡慕到自己也想当盲孩子。

花子就像人偶一样坐着，一动也不动，有时摸索到明子的袖子和肩膀，就感觉非常安心。

花子很清楚明子就在身边，但是在拥挤的店里，如果不这样摸索一下，就会不放心。

花子的这个动作，很好地表达出她对明子纯粹的喜爱和信赖。就像在人群中，带着年幼的孩子走路时，孩子会时不时看看母亲或者姐姐的脸。

咲子有点儿不服气，心想：“在火车里我们明明玩得那么好……”

刚才在银座的大街重逢时，她还清清楚楚地记得咲子，那之后就只围着明子，好像忘记了咲子的存在……

况且，花子对咲子母亲竟也毫不理睬。

花子当然不懂这些教养和礼仪，不知道应该适当地和在场的人说话。对她来说，除了自己特别喜欢的人，其他人在不在都一样。

花子那么任性，可因为她是残疾孩子，所以没有人会计较。

咲子想:“不管花子有多可爱，我也不会带着一个盲孩子走在银座的大街上。被别人看到实在是太难为情了。”

老实说，那时在火车里，咲子也有点儿难为情呢。

花子整个人都倚靠在明子身上，一直向前看，侧耳听着远处，看起来就像是自天而降的神明之子，仿佛散发着神圣的香气。与乡下来的花子相比，东京的美丽女孩子们都稍显逊色。

“说真的，这孩子怎么这么漂亮呀。”咲子的母亲深感不可思议，看花子看得出神，“从来没有见过这样有神圣感的孩子。”

“是呀。”明子也点点头，“就这样看着花子，我总觉得这孩子可能突然之间会说出什么话来。我想她会用美妙的声音说出神明的语言，让世人震惊。”

“真的，也许能实现。现在有些哑孩子也能说出话来。”

“是吗？”

“聋人也是哑巴吧。因为听不见，就不知道怎么才能说话，结果变成了哑巴。如果记住发声的方法，就算是聋人也能说话，聋哑学校是这样教的呢。”

“哎呀，是这样吗？”明子很高兴，摸了摸花子的头发，“花子呀，花子将来也能和大家一起说话呢。一直以来什么都不能说，始终在沉默，所以你积攒了很多话吧？”

咲子母亲笑着说：“不过，她得像婴儿学说话那样，不能突然之间学会很多话。”

花子牵起咲子的手，许久未松开，以这种方式来代替说再见。

和一般的握手不同，花子的两只手夹着咲子的手，手指轻轻地抚摸着她。

因为是星期日，明子穿着优雅的友禅绸质地和服外褂，袖兜长到可以把花子包起来。随后她们消失在了人群之中。

咲子的母亲频频回望，说：“真是个好姐姐。她是花子的亲戚吗？”

“连表姐妹都不是，什么关系都没有。”

“那为什么待她那么好呢？”

“大概是因为花子太可怜了吧。”

“仅仅是因为这个？”

“对了，母亲，那个姐姐说，如果我们三个能上同一所学校就好了。”

“也好，咲子也想要这样一个姐姐吧。但是，她说的学校，是指女子学校吗？”

“是呀。”

“那可不行呀。等咲子上女子学校的时候，那个姐姐已经毕业了吧。”

“哎呀，”咲子有些失望，“才没有那回事！”

“你要让姐姐等到你入学吗？她看起来可不像是会留级好几次的人。”

“但是，姐姐说了，如果能上同一所学校就好了。”

“这话很难实现呢。”咲子母亲笑出声来。

不论多难，咲子都希望能实现。咲子想，直到自己长到上女校的年纪，姐姐能不能一直像现在这样不要长大，等着自己呢……

明子画了自己家和花子家的地图给咲子，并跟她说：“花子刚来东京，一个朋友都没有。如果你去上野公园，顺路去她家玩吧！”

咲子在学习的时候，也常常把那张地图放在桌子上盯着看。

路线画得很详细，字也写得很漂亮。明子家的那张图上还写了电话号码。

咲子已经等不到星期日了。到了星期六的晚上，她问：

“明天，我可以去明子小姐那里吗？”说着，她还把裙子叠得整整齐齐。

“但是马上就要期末考试了，现在正是她忙的时候吧。得打个电话问一问。”

咲子立刻就去打电话。

接电话的好像是女用人，她说:“小姐出门了，但是少爷在家。”

话音刚落，换成了男性的声音。“谁呀？”达男接过电话，“喂，我是达男。有什么事？”

咲子有点儿惊讶，反问了一句:“达男？”

“对呀，我是达男。你是谁呀，你是个小姑娘吧？”

“对。”

“你叫什么？你得说名字呀。”

“我？我叫咲子。”

“咲子？嗯，什么咲子，不认识。你这是给谁打电话呢？”

“哎呀，母亲！”咲子害怕起来，喊母亲过来。

“喂？我挂电话啦？挂了哦！”

“哎。请问，明子小姐……”

“什么呀，你认识我姐姐吗？你是女校的学生吗？”

“不是，我是小学生。”

“我一猜就是，听声音就知道了。你是哪儿的小孩？”

“呃，有一个叫花子的孩子，和你姐姐一起，在银座……”

“哦，我明白啦。对不起，对不起。你和花子在火车里一起玩过，听说你是个好孩子呢。”达男像是明白了似的，说，“那你找我姐姐有事吗？有什么跟我说就行。”

“好，就是，明天，我可以去你姐姐家吗？”

“来我家？可以呀，欢迎欢迎。你自己来吗？还是和你母亲一起？”

“不是。”

“是吗？还挺厉害的。你一个人吧？等姐姐回来了，我就跟她说。”

“好，谢谢你。”咲子虽然这样回答，但是达男究竟是什么样的孩子呢？她又有些担心了。

这个男孩说话像砰砰地开枪一样——可能又任性又顽皮。

第一次去他们家拜访，如果他那样说话，自己好像会被欺负，到时候什么都说不出来了。

况且，真要去的话，只是在银座见过一次就去人家的家里，也觉得不好意思。

本想去明子家里，可星期日的早上，咲子朝花子家的方向走了过去。那是比想象中还要破旧的家，门口两根脏兮兮的门柱紧贴着玄关……

像花子那样残疾却看起来很高贵的孩子，应该住进童话故事里公主住的华丽的家，可是……

咲子在路上就开始喊:“花子！花子！”

花子母亲打开二楼的纸窗，吃了一惊，“哎呀”地叫着，急忙下楼。

“哎呀，是咲子。谢谢你来看我们。你怎么知道这里的呀？和你父亲一起，还是一个人？”

“对！”

“一个人来的？”

看到花子母亲颇感诧异的神情，咲子低着头，问:“阿姨，花子呢？”

“在，在家呢。请进来吧。”

“我能不能和花子一起去动物园？”

“可以呀，太谢谢了。先上楼吧。”

楼下的两间屋子分别是六张和四张半榻榻米大小，榻榻米和拉门上的纸竟是新的。

家具好像是从山里站长家运来的，还没能摆放好，堆在屋子的各个角落。

“屋子有点儿小，花子总是到处碰碰撞撞。一不留神她就自己出了家门，汽车特别危险。东京可是不好待啊。”花子母亲这样说着。

咲子在银座听明子提起过站长去世的事情。

“不过，我和花子已经打起精神了。”花子母亲说着，肩头一颤一颤地笑了，“我这段时间也在学习。以前当过老师，所以接下来也想在聋哑学校当老师，现在得加油努力呀。”

“是吗？”

“看到那些和花子一样不幸的孩子都能学习，我也会受到鼓舞。”

“对了，阿姨，听说不能说话的孩子以后也能说话呢。”

“对，对，能说话。就算是看不见的孩子也能好好地写字呢。”她站起来，说，“我喊花子过来。那孩子喜欢二楼，以前山里的家是平房，二楼对她来说很新奇。”

花子一只手扶着墙，灵活地从台阶上咚咚的跑了下来。

“危险！”咲子喊了一声。花子母亲摇了摇头，说：“下得很好吧。说起台阶，花子以前只知道乡下车站的天桥还有神社的石阶。自从来了这里，好像觉得有意思，每天上上下下练习二三十次呢。看来花子也有坚持不懈的一面。”

咲子握住花子的手，花子把两只手放在咲子的膝盖上，抬头用看不见的双眼盯着咲子的脸。

花子母亲说：“这个家只有达男和明子来过，咲子是意料之外的客人，花子特别高兴！”

但是，咲子还没有想到接下来应该和花子说什么话、玩什么游戏。

她把带来的礼物——丝带——绑在了花子的刘海上。

“哎呀，颜色真好，像春天里绽放的花朵。花子，你不说声谢谢吗？”母亲拍了拍花子的肩膀，花子就规规矩矩地坐好，双手扶地行了谢礼。

“哎呀，真可爱。”

花子低头时，大大的蝴蝶结也倾斜了一下，真的就像春天来了一样……

花子高兴地站起来，把彩色印花纸的盒子拿了过来，叠好丝带放进了盒子里。

好像是打算给咲子看。

随后她把算盘放在膝盖上。

她每拿出一条丝带，就拨动一颗算盘珠。

一颗、两颗、三颗、四颗——缓慢且一本正经的手势，看起来像不擅长算术的一年级小学生一样费尽苦心。

“哇！”咲子看到这一幕非常震惊，目不转睛地看着花子。

丝带一共有八条。

就这样数着数着，咲子想，等下次来，要再拿两三条丝带给花子。

还有两条就正好组成十。

“这是花子的算盘？”咲子也伸出手拨了拨算盘珠。

花子母亲在旁边说：“是达男给花子的呢。”

“达男？”

“对，是之前在银座，和你相遇的小姐的弟弟。”

咲子点点头，问：“达男是不是很可怕？”

“哎呀，你认识达男吗？”

“对，打电话的时候，很可怕呢。”

“达男吗？他是个特别好的小少爷。让你害怕了？教花子片假名、送给花子这个算盘的都是他。能看得出，他是个非常聪明的小少爷。等花子长大了，他还说要教花子地理、历史，现在在收集很多古代装束的人偶呢。前阵子他想给花子买地球仪，可是花子看不见画在表面的地图，可能会把地球仪错当成圆球，他就在寻找像模型那样能表现山、海凹凸不平的地球仪。”

咲子默默地听着。

“花子那样的孩子，今后若能做成什么大事，那都是达男的功劳。真是个厉害的小少爷呢！”

咲子于是讲了在电话里被达男训斥的事情，还说明子给她画了地图，让她去家里玩，但是因为害怕达男，所以没有去。

花子母亲笑出声来，说：“那这样，阿姨带你去吧，下次再去动物园。动物园很好玩，但我想花子可能会害怕。倒不如去明子家里，正好我也很久没有去了。”

当然，比起动物园，咲子更乐意去见明子。

进入明子家的石门，就能看到路的两侧铺满大粒圆石子，水仙盛开。

木瓜的红色花蕾结实而饱满。

花子立刻觉察到瑞香花的气味，她靠近客厅窗户，使劲儿用鼻子闻着花香，这时达男进来了。

“欢迎。”他立刻就把花子抱了起来，“怪不得呢，花子家里净种着好闻的花。”

咲子轻轻地鞠了个躬。

花子母亲介绍说，这是在电话里被达男吓到的小姐。

达男微微一笑，什么也没说。

咲子低下头，红了脸。

“我姐姐马上就过来了。”达男说了这句话就抱着花子去了庭院。

他对咲子爱搭不理的，但花子母亲说：“他是个特别好的小少爷吧？”

咲子也点了点头。

花子挥动着达男给她折的瑞香花嫩枝，绕着鲜亮的草坪跑。

明子进了客厅，对花子母亲说：“我母亲在和式客厅里等着阿姨呢。咲子和我一起玩，要不要来我的房间呀？”

咲子点了点头。

“花子的丝带是咲子给她的呢。”花子母亲说。明子朝庭院看了看。

“是吗？真可爱呀。”

随后她伸手搭在咲子的肩膀上，把害羞的咲子领进了自己的房间。

明子的房间虽然是西洋式的，却有陈列着好几层女儿节人偶的架子。

“哎呀！”咲子跑上前。

“上边是我母亲小时候的人偶呢。很旧吧？但还是旧的好呀。”

桃花的女儿节[1]——咲子此刻仿佛被简单的幸福围绕着，她走近明子，在心中小声地叫着：“姐姐……”

这里有市区内想象不到的静谧，近旁的金丝雀啼叫着，仿佛要把银铃般的声音扩散到远方。

1　日本的女儿节又称“桃花节”，是祝愿女孩未来幸福的节日。这一天，女孩们会穿着传统服饰在桃树下赏花。

明子母亲和花子母亲在聊着什么。

从窗户向外看，花子玩累了，正坐在庭院里的一块大石头上，仰头看着温暖的天空。

生苔的大石头是看不见、听不见、说不出的。

但是，它远在明子、咲子、花子出生之前就存在于这个世界了，是永生之石……

那如山岩般的大石头里面，藏着什么样的宝物呢？

花子的小手抚摸着石头粗糙的皮肤。

明子宣布：“大家到院子里一起吃三明治吧。”

盲人学校

卖花的大娘把车停在学校门前稍做歇息。从清早开始，她就在一条街一条街地派送春天的颜色……

门卫旁的那棵大樱花树已经过了盛放的季节，花瓣在和煦的阳光中纷纷飘落。

二楼的教室里传来歌声。

大概是因为歌声来自一群看不见的孩子，听起来格外悦耳。

达男爽朗地说："阿姨，盲孩子唱歌唱得还挺好。花子进了这所学校，要是能快点儿学会唱歌就好了。"

的确，孩子们的合唱洋溢着春天的希望。

但是花子母亲失落地摇了摇头，说："别说唱歌了……花子连话都说不出来呢。"

"但是，哑巴也能说话呀，只要说了话，就一定能唱歌！"

"说得也是。"

左边的教室里传来古筝和三味线的声音。

达男走近卖花车。

"好漂亮的花呀，大娘。您到院子里，给学校的孩子们看看花好不好？”

卖花的大娘吃了一惊，说：“那可不行。他们看不见，这学校里的孩子都是盲人啊。”

“就算是盲孩子也喜欢花。从香味上能知道那是花，让他们摸摸花肯定很高兴！”

“根本没那回事。他们会把花揪下来，要不就拔下来，这样一来生意就没法做了。”

“这孩子也是盲的。”达男说着，把花子带到车的旁边。

花子粗暴地揪着花。

达男说：“你看，她多喜欢花呀。”

“哎呀！”卖花的大娘无法理解地看着花子，“别跟大娘开玩笑了。”

大娘看向花子的眼眸深处，见她好像是真的看不见，就同情地说：“来，小姑娘，给你胸前戴一朵花。”说着就把一朵赤红色的康乃馨插在了花子的衣服扣眼里，然后又拿了一枝油菜花让花子抓住。

花子母亲准备付钱，问：“谢谢，多少钱？”

卖花的大娘摇摇头，说：“不用，没关系的。”

达男对花子母亲说：“阿姨，买些花当礼物带过去吧。”

“好。”

达男让花子拿着一束花，说：“来，花子，这花是礼物，要分给学校的孩子们。这里的孩子都和花子一样，眼睛看不见呢。”

花子把头埋进花束里闻着香气。她在花束里轻轻地晃动着头，似乎是想让一朵朵花都能和自己的脸亲一亲。

操场上有两个班的小孩，分别在做体操和玩游戏。

花子的母亲在门口接待处告知来意的时候，达男拉着花子的手进去了。

达男的学校今天放假，所以跟着花子母亲来参观。

一个班的孩子正在练习正步走，孩子们两个两个地拉着手。

年轻的女老师喊着口号：“一、二……”

孩子们就跟着喊：“三、四……”

那是呐喊一般的尖叫声，伴随着强有力的脚步声……

“大家的声音是假嗓似的尖叫，听的人可能会觉得耳朵疼，要更多地用腹部发声。老师不是经常说嘛，用腹部发声。”

老师提醒了之后，孩子们的喊号声变低了。

接着是原地踏步的练习，老师拉着一个孩子的双手说：“好，一、二、三、四！”边喊边和这个孩子一起原地踏步。

就这样，一个孩子接一个孩子数着数，站在队尾的男孩觉得怎么也轮不到自己，就问:“老师？水田老师去哪儿了？”他边说边用手在空中乱抓，摸索着老师。

接下来是双脚并跳的练习。老师也是拉着一个孩子的双手，一起向上跳。孩子们因为看不见，向上跳的时候看起来有些害怕。

花子母亲说:“太不容易了，确实需要耐心地教，但真的什么都要手把手教呢。”

“老师，健二去哪儿了？”一个小女孩问。她说的健二好像是应该和她手拉手的男孩。

男孩大声地回答:“这儿呢，健二在这儿呢！”

跳跃练习结束之后，老师说:“大家拉着身边小伙伴的手，伸直胳膊，留出空间！”然后开始做膝关节运动和头部运动，这也需要老师去纠正每个孩子的姿势。

另一个班是年龄更小的孩子，年轻的女老师拍着手到处乱跑，孩子们努力地在后面追赶着。虽然看上去不是什么好玩的游戏，但对看不见的孩子来说，朝着有声音的地方敏捷且自由地支配身体非常重要。

过了一会儿，老师牵着四个孩子的手，带他们去洗手了。

剩下的孩子呆呆地站在那里，有的孩子喊起来：“老师！”

“老师！”

“大木老师！”

“大木老师！”

有一个孩子喊：“我迷路了！”

接着，大家就像合唱似的喊着：“我迷路了！”

“我迷路了！”

“我迷路了！”

“老师！大木老师！”

然后，一个男孩和一个女孩拉着手，唱着：“迷路了，迷路了，咯咯咯，咯咯咯。”

他们双手像翅膀似的扑扇个不停，两膝弯曲，模仿鸡的姿势，围着操场转圈蹦跳。

其他孩子也两两拉手唱着：“迷路了，迷路了，咯咯咯，咯咯咯。”

“哎呀，真可爱！”花子母亲说，“才一小会儿看不见老师，就使劲儿找。虽然消耗时间和精力，但是大家都好可爱呀！盲孩子是绝对信任并依赖着老师的……”

“对呀，花子也信任我呢！”

“那是肯定的！达男也有花子这么个学生，你真是个好老师呢！”

“我干脆来盲人学校当老师吧！”达男说着，把花子抱到身边。

这时，大木老师晃动着铃铛朝操场跑来，听起来就像是学校的铃声响了。

迷路的孩子们喊着：

“老师！”

“老师！”

“你去哪儿啦？”

孩子们朝着铃响的方向，欢快地聚到一起。

“老师，我们想变成猫。”

“想变成猫！”

“喵！”

“喵！喵！”

孩子们异口同声地说着，还想去拿老师的铃铛。

老师摇着铃铛跑开了。因为对方是盲孩子，老师不快不慢地跑着，还学猫叫：

“喵！喵！”

“喵！喵！喵！”

孩子们在后面追赶。

跑得差不多了，老师就被抓住了。

孩子们开心地叽叽喳喳，有抓着老师胳膊的，有按着老师肩膀的，老师终于蹲在了地上。

老师一下子被围了起来，孩子们中间传来老师的叫声：“好疼呀，好疼呀，放开，快放了我吧！”

不管是老师的脸还是别的地方，盲孩子们都不在意，一直抓着，还把手放在老师的头上拽她的长头发。

老师好不容易才站起来，整理了乱糟糟的头发。一个年龄稍微大一点儿的男孩拉着一个小女孩过来，说：“大木老师，这个孩子是一年级的学生，跑到我们二年级那儿去了。”

“谢谢你！”大木老师说着，把小女孩领了过来。

达男看到这一幕，跟花子母亲说：“阿姨，真好玩。一年级的小孩迷路了，混进二年级了。”

大木老师的班是初等课程的一年级，水田老师的班是二年级。

二年级的孩子刚才做了体操，现在也在玩游戏。

“小竹篮，小竹篮，小竹篮里有小鸟……”

孩子们手拉手，转着圈。

唱完歌，他们停在原地。

“在身后的是——谁？”

猜人的孩子向后转身，然后蹲着往前走，用手碰到人了，就说出对方的名字。

因为眼睛本来就看不见，所以猜人的孩子不用蒙住眼睛，也不需要用双手捂住眼睛。和能看见的孩子相比只有这一点不同。不过，因为有盲人的直觉，所以用手一摸就能猜对是谁。

“这里的孩子，好像都能和花子成为朋友呢！”花子母亲说，“但是，达男呀，花子能明白这里的孩子都看不见吗？”

“怎么说呢，我觉得不是那么容易就能明白的。”

“希望花子能早些明白，这些活泼玩耍的孩子和自己一样，也是眼睛看不见的。真想告诉花子，就算看不见，大家也能读书、学习。”

“阿姨，花子肯定还不知道这里是学校呢！”

“说得也是。”

花子可能觉得来到了快乐的儿童乐园。

总之，花子似乎能感觉到广场上有很多孩子，她专心地感受着周围的情况，抓着达男的手指加大了力气，也忘记了自己抱着的花束。

一年级的孩子们扮着猫，按顺序从大木老师那里接过心心念念的铃铛，抓着环高兴地摇着铃。

下课铃响了。

老师和学生们说：“再见！再见！”

如果只是行礼，孩子们是看不见的。

有的孩子手拉手在操场上玩耍，有的孩子朝教室的方向走去。

也有的孩子在喊“母亲”。

花子母亲回头一看，教学楼走廊的窗户前和门口的石阶上站着好几个妇女。

“达男，那几位是孩子们的母亲或者姐姐。盲孩子不能自己一个人上学，她们就和孩子一起来学校，在这里一直等到放学。”

“真不容易呀。”

“真不容易呢。照顾孩子本来就很辛苦了，家里有盲孩子的话，那辛苦可有百倍、千倍呢。”母亲深有体会地说出这番话，向着往这边看的女人们行了注目礼。

她们都身为残疾孩子的母亲，有一颗疼爱孩子的心。想到这里，即使是陌生人，也不觉得对方和自己毫不相关。

初等课程的主任老师让学校勤务员传话来，说是让花子母亲在会客室等待。

达男犹豫了一下，问:“阿姨，我跟您一起去，行吗？”

“当然啦，你可是花子的哥哥，又是花子的老师呀。”

花子母亲正准备换上木屐，看到门口的右侧有一个宽敞的房间，铺着榻榻米。里面的妇女们在做针线、毛线活。

达男说:“等着接孩子的空闲时间，她们就会做些针线活啊。”

花子母亲没有往那边看，她目光朝下，默默地点了点头。一想到同样遭遇的母亲们和姐姐们，就已经感慨万千。

达男看着走廊上挂的地图，得意地说:“您看，快看！阿姨，这和我之前想的一模一样！”

随着山高度的变化，地图会鼓起来。达男也找过这种模型式的地球仪，想买来送给花子。

而且，这张地图在表示海、山、城市等的地方都钉着图钉。一颗颗图钉的钉帽是供人触摸的。

“这就是盲文吧。”

“对，是盲文。”

进入教师办公室旁边的会客室，主任老师回应着花子母亲的寒暄，说:“就是这个孩子吧。真是个可爱的小姑娘。”

老师轻轻地牵起花子的手，放在了自己的两个手心之间，然后又摸了摸她的头。

花子毫无怯意，抓住了老师的衣服袖子。

老师那么亲切地对待盲孩子，不仅以教育盲孩子为自己的天职，还常年献身于此，这些花子是不是也能懂呢？他们是熟知盲孩子内心的朋友，也是为了盲孩子而存在的……

老师在花子面前蹲下，握住花子的手腕，把她的手心放在了自己的嘴上，慢慢地重复着：“早上好，好孩子，好孩子……”

“啊，啊啊，啊哈……”

花子的音调很高，另一只手挥舞着握紧的拳头，看上去很高兴。

“嘿，这孩子很聪明呢。”

“老师！”达男大声说，“花子能明白老师说的是什么吗？花子以后也能说话吗？”

“能。”老师明确地告诉他，然后坐到椅子上，“我们经常会提到，眼睛看不见和耳朵听不见，哪一个更不方便。其实只要略加思考，就会明白盲人确实让人同情，但实际上聋人是更不幸的。”

这出乎花子母亲的意料，她问：“是吗？”

“对。从教育上来说，耳聋的孩子要比盲孩子难教。耳朵听不见的孩子在不知道世间还有语言的前提下成长。如果没有语言，就不能思考，也无法获得智力。聋人教育的第一步就是让他们知道世界上有语言，如果理解了这一点，便打开了灵魂之窗。”

老师继续说：“但是盲人，特别是先天的盲人，并不像旁人那样觉得自己有残疾。”

花子母亲点点头，说：“你说得对。看他们玩游戏玩得那么开心、欢快……”

“对呀。来学校之后，孩子们都变得开朗了。学校的集体生活对盲孩子来说也很好。把他们放在家里，其他孩子不和他们玩，即使出了家门也不能轻轻松松地玩，怎样都会有些消极、孤僻。他们越来越沉溺于自己的世界中，日渐消沉。”

“不管是一年级还是二年级，都有不同年龄段的学生呢。”

“是的，学生年龄不等，一年级里有八岁的孩子，也有十几岁的。一般的家庭对盲人学校认识不足，很多家长不愿意把孩子送进学校。还有一种错误的想法，就是觉得把孩子送到外面，孩子特别可怜。由此，孩子就错过了学龄才入学。这里把普通课程称为初等课程，进入初等课程学习之前，还有准备阶段的教育，称为预科。预科类似幼儿园，来上课的都是五六岁的孩子。”

“初等课程好像也有看起来是五六岁的孩子呢。”

“对，盲童中身体虚弱的较多，还有些孩子是发育不良的。”

达男问：“老师，你们用什么样的教科书？和我们学的那种不一样吧。”

“一样的！也是寻常小学[1]用的国家规定教材，但改写成了盲文。我给你看看吧。”老师说着，从身后的书箱里拿来了寻常小学三年级的修身教科书和五年级的算术教科书。

达男看到了，一本正经地闭上眼睛，边用手指触摸白纸上鼓起的点边说：“嗯，完全理解不了。这能读吗？”

“就算是这里的老师，只是用手指摸一摸也没法读呢。因为没有读的必要。”

“孩子用多长时间才能记住呢？”

“每个孩子需要的时间不一样，大概一个月到三个月。写的时候从右开始写，读的时候从左开始读，也就是在纸的

1　寻常小学：日本明治维新后，二战爆发前存在的初等教育机关。寻常小学、高等小学相当于现在的小学、初中。

背面写，从纸的正面读。因为写和读是左右相反的，所以有点儿难呢。”

老师朝花子看了看：“这个小姑娘现在懂的可能比你多呢。”

“是吗？”达男把修身教科书放在了花子的面前。

老师拿起花子的食指，让她一个一个慢慢地摸盲文。

“啊。”

花子张开一只手，伸出了三根手指。

“对，就是这个字。”

老师继续让花子摸另一个字，花子伸出六根手指。

“对，这就是‘米’的意思。”老师说着，突然感到很惊讶，“这孩子知道数字吧？真厉害呀。”

达男忙说：“老师，老师！是我教的，是我教的！”

“哦？你教的？”

“没错，花子还知道一点儿片假名呢。老师，您教给她‘花子’的盲文吧！”

“真是个聪明的孩子！”

随后老师写出了“花子”的盲文。

老师夸花子聪明，母亲听了也觉得心情舒畅。

“能让花子也在这所学校学习吗？”

“但这里是盲人学校，又盲又聋的孩子没办法和大家一起上课。”

“果然是这样啊。”花子母亲颇感失落，垂下了头，“那么，送进聋哑学校是不是合适些呢？”

“上聋哑学校的话，眼睛看不见，也是个棘手的问题。”

花子母亲本打算忍住，但泪水一个劲儿地流下来，她也无能为力了。

“很抱歉，可是现在日本还没有一所能教育聋盲孩子的学校。[1]”

“阿姨，”达男安慰着花子母亲，“让花子去一天盲人学校，再去一天聋哑学校吧。花子很聪明，一定没问题。没关系，就算我一个人也可以教花子。”

“是吗？”老师笑着对这个意气高昂的少年说，“在日本，目前除了个人教授之外没有其他的办法，即使学校收下她，也是进行单独教育。”

母亲悲伤地问：“在日本就没有像花子这样的孩子吗？”

“当然有。据说有五六十个聋盲孩子，那些孩子几乎都被当作白痴，遭人抛弃了。”

1　本书创作于 1939 至 1941 年，当时的聋盲教育条件和现在有所不同。

“啊！”

“有老师在美国参观过成功教育盲哑孩子的学校，他就在这里，稍后给你们介绍一下。”

“老师，美国有教育盲哑孩子的学校，为什么日本没有呢？”达男用少年特有的纯真表达了对日本的不满。

老师点了点头：“日本也应该有这样的学校。不只是美国，德国、英国、法国、瑞典，许多国家都有Deaf-Blind（聋盲）教育机构。”

“日本要是也有就好了。日本不是文明发达的国家吗？”

是因为花子出生在日本，所以才不能受教育吗？一点儿都不能将智慧的幸福赠予她吗……

达男很不甘心，重复着：“没关系，我一个人也能教好花子。”

老师似乎在鼓励达男：“是呀，如果你教得好，对日本也是好事。在日本，还没听说过聋盲儿童接受教育的例子。所以，如果你成功教了这个小姑娘，就等于开拓出了一条道路呢。”

达男的脸上写满了真诚，老师觉得虽说他还是个孩子，但也不能对他敷衍了事，就说：“在日本，也有人尝试过在学校教育聋盲儿童，倒不是没有好的老师，而是没有好的学生。这个小姑娘看上去像是一位好学生呢。”

“没错，花子特别聪明。”

“可能是日本有史以来第一位聪明的学生呢。也希望你会是日本第一位教育聋盲儿童的老师。”老师说完，转向花子母亲询问达男的情况，“他是你的亲戚吗？”

“啊，不是……”花子母亲不知道如何用三言两语说明白，就说，“虽然不是亲戚，却如亲哥哥一样照顾她。”

“如此照顾有残疾的孩子，真令人佩服。但是教育这孩子可不是一件容易的事。这是一生的工作。重要的是发自内心的爱，只觉得她可怜是远远不够的。不能有自己是老师、对方是学生这种两人是分离状态的想法，必须和这个小姑娘一心同体、命运与共，并有将自己的生命奉献给她的心理准备……也就是慈母之心。”

老师的话引起了花子母亲的共鸣，她说：“真的，正如你所说。看了这所学校的老师之后，我都为迄今为止的自己感到羞愧。”

“决心在盲人学校或是聋哑学校任教的老师都是有志之士，只凭一时的喜欢和冲动是无法胜任的。看看上课的情况就能知道，一个班虽然只有十到十二三个孩子——超过这个人数就应付不来了，因为每个人都很花费时间和精力——但换成聋盲孩子就必须进行单独教育，不知道要比聋或者盲的孩子难教多少倍呢。”

老师说，距今大约一百年前，一个叫作劳拉·杜威·布里奇曼的美国少女在柏金斯启明学校接受教育。在这之前，全世界都认为聋哑盲孩子接受教育是不可能的。

“我把参观过那所学校的老师介绍给你们。”老师说完，起身出去了。

达男也随老师去了走廊，他问：“老师，这个学校没有学生拄拐杖吧？”

“是呀，学生们很抗拒拄拐杖。他们不愿意让别人看到自己是个盲人，而且他们很熟悉学校的情况，都比较放心。”

这时，一个小孩好像要去走廊，但他走在操场上，找不到方向。

老师看到了，拍着手说：“相田，这边，这边，这边呀……”

操场上踢足球的学生们比达男大很多。

“那些是师范课程的学生。看得见的学生和看不见的学生两两一组，总是让他们一起走路。”

和老师说的一样，一个学生拉着另一个的手，或是挽着胳膊一起跑。即使有球踢过来，盲学生也呆站着不动，这种情况常常发生。

过了一会儿，初等课程的主任老师回到花子母亲等候的会客室，定睛一看，他拉着另一个老师的手。

花子母亲有些惊讶，心想，这是一个眼睛看不见的老师。

那个老师个子很高，恬静且柔和的面容里带了些宗教家特有的略显寂寞的爱。

“这是牧野老师。”主任老师介绍道，“牧野老师高中的时候失明了，后来他成了一名盲人教育家，常去参观美国的学校。”

花子母亲怀着虔诚的心情低下头行了礼。

高中，正是二十岁左右，在刚开始谱写希望的青春之际，突然之间成为盲人，那是什么感觉呢？所谓的人生一片黑暗，真的就是这样吧。他从中振作了起来，并决心救助和自己一样不幸的孩子……

“是这个孩子。”花子母亲说着，把花子带到牧野老师面前。

牧野老师摸索着，手摸到花子的头，然后把她揽到自己身边，同样把花子的手心贴在自己的嘴上，说着：“好孩子——抱一抱——抱一抱——”

达男问：“老师，在美国也是用这种方法教的吗？”

“对，对！当我去学校的时候，突然有个姑娘像这样把手贴在我的嘴上，我吓了一跳。然后她说，让我教她日语。那之后再去，她摸了摸我的身体就知道我是谁，说：‘你好吗，牧野先生？[1]’连‘早上好’‘你好’等日语都记得清清楚楚。那是个十一二岁的聋盲姑娘。”

牧野老师还说，在柏金斯启明学校的毕业生里，有一个看不见也听不见的青年去国外游历，还写了小说。

海伦·凯勒女士因盲、聋、哑而被称为“三重苦难的圣女”“二十世纪的奇迹”，她年满九岁上学，上的也是柏金斯启明学校。

为了不输给这所在波士顿的盲人学校，听说纽约和芝加哥的学校也在聋盲儿童的教育上展开了竞争。

老师还提到，世界上规模最大的聋盲儿童学校在德国的奥柏林之家。

达男脱口而出：“阿姨，要是能让花子去外国留学就好了。”

花子母亲笑着说：“那可不行。你不是说要当花子的老师吗？你已经忘了吗？”

1　这句话在原文中为英文，故用楷体以做区分。

她听了牧野老师的话，心中燃起了希望。

日本虽然没有这样的学校，但她决心把花子培养成不逊色于那些西方孩子的人。

这时，铃声响了，牧野老师起身说他接下来有课。

花子母亲拜托着牧野老师，说关于花子的教育问题，日后还请他多多赐教。

牧野老师说："只要能帮到你，请尽管提出来。还有很多可供你参考的事呢。"

达男紧跟其后，问："老师，教花子词语的话，用您刚才那样的教法就可以吗？"

"可以。"牧野老师向后退了五六步，在花子面前蹲下，说，"嘴——嘴——"说着，他把花子的手指放进自己的嘴里。

"舌头——舌头——"

花子好像觉得很痒，发出咯咯的声音。

"有时候得像这样，让她触摸一下舌头，学习舌头的动作。"老师用手帕揩了揩花子手指上的口水。

"就算记住了单词，让哑孩子说出来还是很困难的。必须去聋哑学校，好好学习那里的老师怎么做。"

牧野老师请主任老师将自己送到门口，他好像知道接下来的路，一个人沿着走廊走去。达男目送着牧野老师的背影，对花子说：“花子，把花给老师吧。”

他拉着花子的手跑了过去。

花子按照达男的指示，把刚才的花束献给老师。

“啊，花——花——很漂亮。”老师露出明朗的面容，仅抽出一枝，说，“谢谢。”

失明老师拿着失明孩子送的花，步行在春光明媚的院子里。

花子回到会客室后，也给初等课程的主任老师献了花。

主任老师也有课，和花子他们告别后，朝教室走去了。

花子他们继续参观学校。

走进手工教室的学生看起来像三年级或是四年级。他们在用黏土做骰子，大小各不相同，其中有的大到一只手都没办法掷。

“谁想自己挖骰子孔？”老师边说边拿着一根类似竹筷子的东西，轮流给孩子们的骰子挖孔。

有的孩子借了老师的竹筷子，自己给骰子挖孔。

达男问花子母亲：“阿姨，您知道为什么让他们做骰子吗？”

“为什么呢？”

“我觉得是因为骰子的孔像盲文。盲文的点点也是六个呢。”

老师看了一眼达男，露出微笑，转头说：“同学们，接下来我们做什么呢？什么都可以，请大家做自己喜欢的东西。”

孩子们都专心地摆弄着黏土。

对于眼睛看不见的孩子来说，尝试做出物体的形状，一定比普通孩子的手工更有意义吧。

“老师，我做好了！”一个孩子从座位上站起来，把自己的作品送到老师那里。

老师接过来，拿在手里细看：“石川，这是什么呢？”

那孩子平静地回答：“我也不知道。”

“你不知道自己做的是什么吗？”

“对，我不知道。”

“没有任何目的就做了吗？”

“是！”

“老师看了，觉得像船。”

达男和花子母亲互相对视。他们觉得这个叫石川的孩子或许头脑不太健全，但这个似船非船、形状不太好看的黏土团，看起来像是盲童的悲哀。

又有一个男孩站起来了。

“这是军舰吧，哪里的军舰呢？”

“日本的军舰。”

“日本的？从哪儿能知道是日本的军舰呢？”

“从旗帜可以知道。”

“旗帜？但是大家不认识旗帜吧？”

有孩子回答：“上面有徽章。”

“青山制作了大军舰。同学们，如果都要做这么大的东西，我们一共十三个人吧？手工教室都装满了，也放不下十三个人的作品呀。”

老师说完，从对面的角落传来感叹：“真厉害，做了那么大的东西吗？”

“肯定是假的，哪儿有那么大的黏土呢？”

那个叫青山的孩子笑了起来。

达男也觉得很好笑。

很多孩子在做船，还有的做家、碗、鸟、狗等。

手工教室就看到这里，达男进了预科教室。孩子们都去了院子里，教室里空无一人。

“阿姨，真是出人意料，教室里有滑梯、转椅，还有沙坑呢！”

“是呀，和幼儿园一样呢。刚才上完课，老师说了‘下次再一起玩吧’，没有说‘一起学习吧’，还说‘别吵架、别打架，大家和和气气地一起玩’。说得那么温柔，真让人佩服。”

“花子，花子！你如果进了这所学校，就是在这间教室学习呢。”达男说着，把花子放在转椅上推着走，“还有花瓶呢。把那束花插在里面吧。孩子们一进来就能闻到香气，会很高兴。”

一个很大的橱柜里放满了玩偶、鼓、木琴、水桶、汽车、风筝等玩具，还有鸟的标本。

孩子们的桌子摆成了一个圈。

接下来参观的是初等课程二年级的算术课。达男觉得用盲文写成的数字很稀奇，他问老师：“那个细长的、金属的，像尺子一样的东西叫什么？”

“盲文尺，在盲文写字板上使用的。”

“盲文尺上排列着一个一个窗户似的小孔是什么？”

“那是框，每个小框写一个字。”

有的孩子笑达男提的问题很幼稚。

写完最后一个框，把盲文尺往下挪一挪，再写下一行。

孩子们松开盲文尺，从盲文板上把纸拿下来，再翻过来，用手指触摸盲文。

“老师，我没写错。”

“老师，我写好了！”

老师朝说话的学生走过去。

“仔细检查了吗？检查好，没错的人交给老师。”

都是之前学过的算术问题，试卷收齐了，老师让大家等一等。

“好，把盲文尺放进桌子里，接下来拿出算盘。”

这种算盘又有些不同。上边一颗珠，下边五颗珠，珠子的数量和普通的算盘一样，珠子的形状却像小木块，可以上下翻动。

“接下来，请大家把珠子摆齐。摆好了吗？上边和下边都摆齐了吗？”老师说完，挨个儿检查了一遍。

上边的珠子朝上，下边的珠子朝下。方向相反的话，就表示数字。

笔算对盲孩子来说很不方便，所以从小就开始教他们珠算。用手摸普通算盘珠的时候很难懂，而且一不小心碰了的话，珠子还会动。

“阿姨，也给花子买这样的算盘吧。”达男十分佩服地看着他们。这时，从隔壁一年级教室里传来喧闹声。

每个一年级学生的桌子上都有一把锹。

“今天直观的物体中，最大的是什么呢？”

老师提问之后，孩子们回答：“锄。”

“老师，是锄。”

“锄是干什么用的？”

“用来翻耕田地的土。”

“很好。还直观了其他东西吗？”

“镰刀。”

“有镰刀。”

“镰刀是干什么用的？”

“割稻子，割草。”

“很好。接下来我们一起去田地。”

“哇！太好了。”

“接下来就去吗？太开心了！”

“真的吗？老师！”

“想去！我想去！老师，快点儿！”

大家齐声欢呼，还有孩子急匆匆地站起来就要走。

“安静！”老师轻声嘱咐大家，“到了田地里，如果大家太高兴就吵吵闹闹，还随便说话、打架的话，我们就没办法上课了。好，和旁边的人手拉着手，安安静静地出发吧。”

达男也跟着孩子们一起走出教室，看了眼门口的时间表，上面写着“直观”这门课程。

“‘直观’？阿姨，现在是直观课的时间。”

花子母亲点了点头。

直观……孩子们摸摸锄、镰刀、锹，就是“直观”了，那么高兴地去田地……

孩子们摆弄着田里的土壤，那里还有他们自己种的花和蔬菜。抚摸时那喜悦的神情……

这时，预科的孩子们手拉手进了教室。老师站在最前面边走边拍手。操场上，还有稍微大一点儿的孩子在拔河。

“一、二、一！”

结束后，老师把一根铁柱深深地砸进土里，在上面拴了一根长长的麻绳。

有个孩子单手拿着麻绳的一端，一溜烟儿地向前跑去。

“元田！加油！加油！加油……”老师和孩子们一起给他加油助威。

“快了！快了！快了！”

老师拿着秒表在终点等待。

原来如此。拉着麻绳跑的话，是以柱子为中心画圆，这样大家跑的距离相同，盲孩子也能赛跑，而且抓着麻绳就可以放心地跑了。

有的孩子害怕或者跑不好，老师就边摇响铃铛边跟在他后面跑。

“坚持！坚持！使劲儿拉绳子，再使劲儿一些！”

眼睛看不见的孩子认真跑步的样子，在花子母亲的心里留下了深刻的印象。

聋哑学校

我们是小孩子
闭上眼睛祈祷吧
张开嘴巴歌唱吧
耶稣啊，耶稣啊，请把我们
塑造成你的好孩子

从盲人学校回家的路上，花子母亲和达男参观了聋哑学校，这天正值建校纪念日。

他们被带到初等课程的学生聚在一起唱歌的地方。

在盲人学校，一想到那是眼睛看不见的孩子们唱的歌，听起来就格外悦耳。而在这里，则是聋哑孩子在唱歌。

张开嘴巴歌唱吧

这是哑孩子唱的吗？花子母亲犹如做梦一般。

校长是一位美国女士，她也和花子握了手。

一个日本男老师代替校长把花子和花子母亲带到学生

们面前，对大家说："在这个可喜可贺的日子里，有客人光临我们的学校。我给大家介绍一下，是一个如天使般可爱的孩子。下面，我们请她的母亲跟大家讲几句话。"

这突如其来的安排让花子母亲红了脸。

对耳聋的孩子们讲话——身为耳聋孩子的母亲，她还是第一次遇到这样的事，真是令人不可思议。

男孩们和女孩们准备听花子母亲的讲话，注视着她的脸。大家真的是聋孩子吗？花子母亲不敢相信。

但是，像这样站在孩子们面前，让花子母亲想起自己以前在小学也教过差不多年龄的孩子。

"各位同学，祝贺大家！今天我来参观大家的学习，正好赶上学校的建校纪念日，我衷心致以祝贺。我知道大家耳朵有障碍，但听了大家悦耳的歌声，又听了大家讲话，我倍感欢愉。因为我的孩子，花子，她的耳朵也是完全听不见的。"花子母亲说完，按了按花子的头，让她向学生们鞠躬。

"大家虽然听力不好，但是眼睛都看得清楚。可这孩子听不见，也什么都看不见。"

"哎哟！"

"哎呀！"

"哎，好可怜啊！"

有些学生低声嘀咕，他们一齐朝花子看去。

“这孩子既听不见也看不见，和她相比，大家是多么幸福。当你们感到不幸时，请想一想还有这样的孩子。如果知道世间还有远比自己可怜的孩子，心中的不公不满也会得到安慰吧。”

学生们点点头，脸上浮现出纯粹的同情。

花子母亲不想告诉别人自己的孩子是残疾人。她想让别人以为花子的眼睛看得见，耳朵听得见。迄今为止为了隐瞒这些，着实费了苦心。这也是人之常情。

但在这所学校的孩子面前，花子母亲丝毫不觉得羞耻，她坦诚地说出花子是聋哑盲孩子。

因为这些听众也是身患残疾的孩子……

就像这些孩子觉得花子很可怜一样，花子母亲也觉得这些孩子很可怜……

“来这所学校参观之前，我参观了盲人学校。那里的盲童和大家一样，精神饱满，学习认真，玩游戏的时候非常快乐，就算眼睛看不见也能好好地读书。大家的耳朵听不见，在来学校之前不会说话，但是现在多亏了老师的帮助，会唱歌也会说话了。大家的父亲母亲该有多高兴啊。花子还不能明白我说的话，她一句话都不会说。但是我想，只要努力学习，她也会成为不逊色于大家的聪明伶俐的孩子。大家也要成为不逊色于世间其他孩子的优秀的人。花子好像还分不清自己和其他的孩子有什么不同。再过不久，如果她明白了，我想，首先要教给她的是绝对不要嫉妒。虽然身患残疾，但是她也同样受到了神明的眷顾。就算耳朵听不见，但这世界上美妙的声音能传入灵魂之耳。花子也会学习，等她能像大家一样好好说话的时候，我会让她在贵校的建校庆典上和大家成为朋友，让她说一说曾经听大家唱的《成为神明的好孩子》这首歌。我期待着等花子成为像大家一样聪明伶俐的孩子后，再与大家会面。也请大家记住花子。我在建校庆典上只顾着说自己孩子的事情了，真是不好意思。请大家在这一年，怀着对建校纪念日的情感，不忘创建这所学校的相关人士，不忘老师们的恩惠，努力用功学习吧！”

花子母亲和花子一起给大家鞠躬。

学生们目送她们坐回达男旁边的椅子上，花子母亲的话语让大家备受感动。

“听了阿姨的演说，我也很感动。”

“哎呀，可称不上是‘演说’呢，不是那么了不起的内容。”花子母亲笑了。看到孩子们那么认真地听自己讲话，她很高兴，对身旁的老师说：“真的不敢相信他们是听力有障碍的孩子。”

“对，你讲的话大家好像都听得很明白，因为他们都全神贯注地看着你的口型呢。”

比起花子母亲的言语，花子那惹人怜爱的模样更让学生们感动。真的就像是正值建校纪念日之际，神明赐予的天使……

黑板上贴着很大一张纸，上面写着典礼的顺序：

默祷，颂歌，礼拜之辞，向主祈祷，敬拜赞美，圣经，感谢，祷告，证道，祷告，奉献报告，颂歌。

是具有基督教教会学校特色的典礼仪式。

这所学校原本是在教会里面教授聋哑孩子，不久就有了独立的校舍，由此逐渐发展壮大起来。

建校纪念日这一天，不仅要回顾学校长久以来的历史，还要对学校创始人和贡献者致谢。

花子母亲第一次知道，现在的日本有很多国立和府县立的盲人学校和聋哑学校，还有西方传教士为了日本这些可怜孩子们创办的学校。

爱是永不止息。——《哥林多前书》第十三章

这句标语挂在会场上。

初等课程学生的典礼结束后，是中等课程学生的典礼。

达男在走廊信步而行，喊道:“阿姨，阿姨！这里有一则有趣的通知，叫‘无手语周’。”

“‘无手语周’？”花子母亲也站在那里看通告，“以前不能说话的人都是用手势交流吧。但是现在可以教他们和我们一样说话，就尽可能地不让他们打手语了。”

“无手语周！”达男颇感新奇，又念了一次，“我教花子视话法和口语法，之后就给她规定‘无手语周’，难为难为她。”

达男好像很快就记住了“视话法”和“口语法”这两个词。

“视话法”就是让聋人通过看对方的口型来读出词汇。“口语法”就是让聋人自己说话。

达男充满疑问:“可是，自己说的话自己又听不见，这不是很奇怪吗？”

“所以这所学校的学生都会发出很奇妙的声音呀。”

“哑孩子能说出话来，这难道不是奇迹吗？”

随后，他们进入一间初等课程的教室，老师从讲台上走下来，轻轻摩挲着花子的头，问："大家知道这位可爱的客人叫什么名字吗？"

"花子！"

"可爱的花子。"

"花子！"

学生们纷纷回答。

"哎呀！"花子母亲低下头，这场景让她十分高兴，眼泪忍不住要流下来。

达男说："阿姨，要是把花作为礼物带到这儿来就好了，可惜太着急，就给忘了。"

这个班的学生也是十人未满。

"大家正在给外国的朋友写关于建校纪念日的信。"老师给花子母亲解释完，又面朝学生说，"大家继续写吧。在开头部分，我们写什么呢？"

一位学生好像说了些什么。

花子母亲和达男听不清楚，不知道学生说的是什么。

可是老师听懂了。

"'尊敬的联合教会相关人士，是否一切安好？'嗯，非常好。立花，你来写在黑板上吧。"

叫立花的女孩离开座位，拿起粉笔在黑板上写下：“尊敬的联合教会相关人士，是否一切安好？”

老师向学生们提问：“接下来应该写什么呢？”

孩子们还在思考，老师就引导着说：“这里的‘联合教会相关人士’还没有见过日本的这所学校，他们可能想知道这里的情况呢。”

有学生说：“我们的聋哑学校变大了。”

“对！你能马上把那句话写在这儿吗？那边的人并不了解大家，我们还得写我们自己的情况，让收到信的人立刻就知道是谁寄来的。”

“我们是初等课程三年级的学生。”

“很好，杉田，你来这里写一下。”

叫杉田的男孩把自己说的内容写在了黑板上。

不知道是谁说了一句：“现在学校一共有八十三名学生。”

紧接着一个女孩说：“学校的院子很整洁。”

可是，说到“学校”这个词时，她好像不是用舌头，而是用喉咙发出的声音。可爱的女孩发出粗声嘶吼，这让达男吓了一跳。

“再说得清楚一点儿……”

“学校的院子很整洁。”

“接下来写什么呢？”

“今天是建校纪念日。”

“对，如果再写上庆祝纪念日的事情就更好了。”

孩子们各自把想好的话语写在了黑板上。老师边看着黑板边说：“大家先写下来，之后再好好修改，不足的地方再添补。这封信到了国外，收信的人一定会很欣喜，再寄来美好的回信。那些我们不认识的人，不论来自日本还是遥远的国外，都一定会为我们祈祷。”

听了老师这番话，花子母亲点了点头。

在这世界上，耳朵听不见的孩子的苦恼都是一样的吧，而那些试图消除聋盲儿童痛苦的人心，也不存在区别吧。

这所日本学校里的孩子们还接受着来自国外的温暖关怀……

刚走出三年级的教室，花子母亲就对达男说：“达男，今后不要只顾着花子一个人，也考虑考虑那些和花子一样的孩子吧。世界上哪个国家都有盲孩子和哑孩子呢。”

之后他们又去了中等课程的教室，恰逢理科的课程，老师手里拿着油菜花，在黑板上大大地写着“十字花科的植物”几个字。

一个看起来像是女子学校二年级学生的少女，将带喇叭的箱子放在桌子上，像电话接线员一样，把类似矿石收音机的机器箍在耳朵上。这个少女患有弱听，耳朵能稍微听见一些声音，所以在使用扩大声音的器械。

可令人感到奇怪的是，少女好像才是耳聋的那一个。只有她一个人有时听不明白老师的话，于是其他同学就大声告诉她。旁边的少年把嘴贴在少女的喇叭上，转述老师的话。少女点了点头。

她点头的时候，长有浓黑睫毛的眼睛微眯着，莞尔一笑，甚是美丽，鼻子和嘴巴也都生得标致。

与半聋的孩子相比，全聋的孩子反而更能明白老师的话，这也是教育的力量。

学校的勤务员来叫他们，花子母亲就返回了会客室。

他们从主任老师那里听到了很多关于耳聋儿童的教育内容。

“有一个学生在女子学校上四年级的时候，耳朵出现了听力障碍，之后就来这所学校上学了。这样的学生本来发音就很清楚，但是要让那些天生就听不见的孩子好好发音，就相当难了。聋哑学校的教育中，视话法和口语法就占了大部分，特别是教授口语法的时候更是费力劳神呢。”

听了老师的话，花子母亲也点点头，说：“确实如你所说，来上预科的孩子们，好像还不知道世间有语言吧？”

“不知道的占多数。他们生下来以后没有听过语言，也就记不住，自己也不能说话。普通孩子从一岁左右开始说个一言半语，三四岁的时候就能说很多词汇，上小学之前就知道两三千到四五千个词汇了。”

达男很震惊：“四五千个？那么多！”

“对呀，很多吧！孩子之间的区别也很大。详细调查一下就知道，少的也有两三千个，多的能达到四五千个。而且别人说的他能明白，自己的所思所想也能表达出来。上了小学，老师教的内容都能听懂。与此相比，聋孩子的智力可以说是相当落后。”

“孩子们进入这所学校，第一次知道语言的存在，是什么样的情况呢？”

“就是学会看老师口型了。他们意识到嘴的动作蕴含着某种意思，不然也不会长时间只盯着老师的嘴看，这样的注意力也无法持续下去。刚才你讲话的时候，学生们都注视着你的脸吧？”

“是的。”

“老师，那在他们身后说话，他们就不知道了吧？”达男插了一句。老师笑着说：“是呀！上聋哑学校也不能治好耳朵呀。有这么一件事。曾有一位母亲带着孩子去了一所聋哑学校，她家的孩子和你家孩子差不多大，是个六七岁的可爱小姑娘。那位母亲问：‘耳朵能治好吗？’学校的老师不是治疗耳朵的医生，实在不知道如何回答。那位母亲说，前几天在无线电广播里听到一个哑孩子在说话。她也想让自己的孩子像那样可以听见、可以说话，想拜托给学校，便带着孩子来了。之前医生也推荐她们去上聋哑学校，可是让孩子上聋哑学校，一定会被别人耻笑，所以一直犹豫不定，觉得这不体面，很困扰。其实不让孩子接受教育，才是真正的不应该。后来经人一番劝说，那位母亲才让自己的孩子进了学校。”

“可是老师，没有能让花子上的学校啊。”达男把在盲人学校说到的不公平，又在聋哑学校宣泄了一番。

“确实。”老师深表同情，思索着说，“在西方国家曾引起激烈争论：聋盲儿童应该送入聋哑学校还是盲人学校？也就是说，是当作耳聋儿童教育好还是当作盲童教育好？但很多人认为，聋盲儿童首先应该当作耳聋儿童来教育。因为最重要的是教授语言，不懂语言，就无法展开教育。聋哑学校是让没有词汇的孩子掌握词汇的地方吧。盲人学校的孩子在上预科之前，就已经掌握很多词汇了。”

“如果我是老师，我想让花子上一天盲人学校，再上一天聋哑学校，这样好吗？”达男重复了在盲人学校思考过的问题。

“对，也有人持此意见，说先上聋哑学校，之后再在盲人学校学习，不管选择哪个，盲人教育和聋哑人教育都是必不可少的。”

“阿姨，和我说的一样呢！”达男十分得意，继续说，“真想尽快教花子口语法呀。老师，应该怎么教她呢？”

老师微笑着，却用严肃认真的口吻说：“必须要小心谨慎地好好教她，因为刚开始很重要，不能急于求成，也不能生填硬灌。如果硬要让她学习发音，孩子的舌头收缩，会变成尖锐的声音。一旦养成坏习惯就很难改正过来。要耐心且慢慢地教，让她把发声和词汇当作玩具一样，边玩边学习，自然而然地掌握，绝对不能着急。教的人需要重复同样的词语千遍万遍。例如，让老师和学生并排站在镜子前，一起练习舌头和嘴唇的动作，如果让学生意识到这是在教他发音，他的舌头就会发硬。所以最好让他以为这是在做游戏。”

“很有难度呀！”

“这孩子眼睛看不见，就更加困难了。但是如果拥有斗志，一定能做到。与其急于教口语法，不如先练习视话法。

因为如果教得不好，这么可爱的孩子说话时会发出令人厌恶的声音，听了会很失望吧。”

“对，希望她能发出清澈的声音。”

达男幻想着，因为花子没有听过这个世界上浑浊和丑恶的声音，或许她的声音会像是来自天界，美妙且纯洁。

“老师，可以不让她打手语吗？”

“那太可怜了。如果从现在就禁止她使用手语和肢体语言，这孩子不是什么都说不了了吗？不必那么着急。”

两人和主任老师一起去了预科教室。

果然，桌子也是摆成圆圈的，年幼的孩子们正在用红色和绿色的彩纸做手工。

有个和花子年龄相仿的孩子指着花子，手比画着什么走过来，似乎是想和花子一起玩。

这时，校长进来了。

孩子们全都站起来，围在校长身边。

“啊，啊！”

“啊！”

“啊啊！”

他们边说着什么，边把做好的彩纸手工作品送给校长。

项链、手提袋、灯笼、千纸鹤、船等。

“谢谢，谢谢！哇，真好看呀。做得真好，手很巧啊！”那位美国女士用日语重复着这几句话，她把几条项链戴在脖子上，手里也拿了很多，用手搂一搂孩子们的肩膀，或是握他们的手。

看着校长的微笑和孩子们愉快的样子，花子母亲想，这些孩子刚入学，还不能说出什么话，但是从他们“啊！啊！”的哑声中却能听到许多词汇，这也是日后开口说话的预兆。

听见鼓声

东京的樱花已落尽，花子父亲曾工作的山间车站，桃花和杏花也即将绽放之时，明子来到花子家，对花子母亲说:“阿姨，有件能让您高兴的事！”她接着说，“特别好的消息：给花子找到老师了！”

“花子的老师不是达男吗？”

“不是达男那样的小孩，是真正的老师！”

“真正的老师？”

“对。昨天不是星期六嘛，我们学校办了同学会，我的姐姐去参加了。”明子气喘吁吁地说。

“姐姐？”花子母亲反问道。明子和达男明明是姐弟二人，不应该还有姐姐……

明子的脸一下子红了起来。

“我刚入女校的时候，她担任五年级的副级长，非常照顾我，我就把她看成是姐姐了。”

花子母亲若有所思地点点头，她没想到，聪明伶俐的明子也有这么可爱的一面。

“阿姨，姐姐在聋哑学校当老师呢！”

“是吗？”

“难以置信吧？我也觉得很意外！我本来以为她现在在某所女子学校当老师，没想到当了聋哑学校的老师。在同学会上，大家都很纳闷，为什么像月冈姐姐那么端庄优雅的人，会去聋哑学校那种地方当老师。”

“你刚说‘聋哑学校那种地方’，明子，聋哑学校的老师做的工作也非常了不起呢！”花子母亲提醒了明子。

“哎呀，阿姨，对不起。”明子立刻道歉，低下头，脸也红了。

真是无意间说了错话。明子想，自己说了“聋哑学校那种地方”，这是不是证明自己还是蔑视聋、盲人士呢？

明子想，会不会即使自己那么疼爱花子，可内心深处仍然看不起盲孩子？所以说起月冈姐姐当上聋哑学校老师这件事的时候，就像感叹她跌入了不幸深渊似的。如果真是那样，自己也太对不起花子和花子母亲了。

也许平时不管对花子多好，都只是停留在表面的同情而已。

听说月冈姐姐当了聋哑学校的老师，参加同学会的人们也互相对视着说：“太出人意料了！她居然……”

如果自己身上没有发生什么可悲的事情，才不会去当聋子和哑巴的老师。

明子也很惊讶。

明子曾经幻想着，像月冈那样风姿秀逸、精明能干的人，应该拥有光鲜亮丽的未来。

如今，月冈正作为年轻老师，在某个地方的女子学校工作，这已经成为明子这些少女憧憬的焦点了。而月冈已经忘记了明子，也没有给她寄来任何信件。明子想到这里，有时会感到寂寞。

聋哑学校的老师，这似乎击碎了明子描绘的幻想，让她失望了。

参加同学会的人们，从女校毕业后都突然变漂亮了，在一群打扮得像模特的人里，只有月冈一个人仍如学生般身着淡雅西装，未施粉黛。

月冈在走廊的尽头等着明子从教室出来。

“明子！”她突然握住明子的手，“明子的手这么白呀！”

明子倍感怀念，说不出话来，也顾不上细看谁的手更白皙，只是感到了和几年前一样的亲切、温暖。

“看我的手，和在女校的时候相比，晒得黝黑黝黑的吧。因为每天都在操场上跟孩子们一起玩。”

月冈的声音富有活力。

明子默不作声，点着头。

明子似乎回到了她称月冈作姐姐的一年级时期，心怦怦地跳个不停。

月冈邀请明子一起去庭院，明子一年级时，她们常去那里散步。

“明子，你站到那棵大枫叶树下。”

她用树干丈量着明子的身高，说：“明子，你长大了！和我五年级的时候一样高。明子，你还记得吗？我五年级的时候，正好长到树枝这儿，而一年级的明子才到树疖子下面。你还能想起我们一起量身高吗？”

“想得起来！”

明子更能体会到一年级时的心境了。

但她不知道，是应该像一年级学生那样和姐姐说话呢，还是用现在作为五年级学生的口吻和姐姐说话，有点儿无所适从，什么都说不出来了。

她在心里偷偷嘀咕：“姐姐是一直把我当成一年级的学生吧。”

不知道为什么，明子非常高兴。

“明子，真是难以相信，现在五年级的你和当年上五年级的我，正好是一样高。”月冈注视着明子，继续说，“真像呀。”

“真是的，姐姐，哪里像了？”明子还像以前那样撒着娇，又红了脸。

“不啊，明子很像我。我还在学校的时候，就经常有人说我们两个长得像呢，还被错认成是姐妹呢，对吧？”

“对！”

小时候的明子为了这个不知道有多得意呢。

能够让人回忆起少女时代的树林，院子里飘满初春嫩叶的清香，和久别重逢的人一起漫步，而月冈像是在和亲妹妹倾诉一般。

“明子，我一说我当了聋哑学校的老师，就有人笑了。被笑话其实也没什么，但是同班同学对我的工作毫不理解，还是觉得有点儿可惜。他们好像以为我有特殊的喜好，在做些奇奇怪怪的事情。明子是不是也很意外？”

“对，但是……”

“我本来也没有当聋哑学校老师的想法。为了将来做个参考，我的老师让我去聋哑学校学习半年或者一年。本来只打算待一小段时间，但去了之后，孩子们都太可爱了，我也去不了别的地方了。明子什么时候来学校参观一下吧，可能

会明白我的心情。”

明子认真地回答:“好，我非常能理解姐姐的工作呢！”然后她讲了花子的事情，还提到热心教育花子的达男。

“他那么疼爱那个孩子，自然也会了解聋哑学校的情况。”月冈兴致勃勃地说，“也许我也能帮到花子。你能不能带花子来学校呢？”

“好呀！花子的母亲和达男一定会很高兴的。能见到姐姐真是太幸运了，请姐姐当花子的老师吧！”明子这么拜托着月冈。

月冈教花子知识的场景像一幅美丽的画卷，浮现在明子的脑海。能有这么好的老师，花子真是太幸福了。

而且，如果花子成为月冈的学生，那明子就能经常见到月冈了。这让明子非常开心。

明子深有感触地看着这个和自己相似的、她称为“姐姐”的人。

月冈从女子高等师范学校毕业后，就没有和明子互通书信了。但是这样一起漫步在记忆中的庭院，让人觉得那四五年的距离已经消失，两颗心真诚地交融在了一起。

如今两个人的身高大致相当，明子虽然长大了，但她仍觉得月冈是心中的姐姐。

那未经修饰的头发到清新的前额，似乎总带着一束光，月冈晒黑的手充满力量，可以温柔地握住不幸的孩子们的双手。

明子想，果然姐姐还是比其他毕业生过着更崇高的生活。

明子想尽早告诉花子母亲关于月冈的事情，却不知不觉中说出了“聋哑学校那种地方”。实在不该说“那种地方”。

“阿姨，对不起。但是月冈姐姐真的非常漂亮，当那种老师很可惜。”

花子母亲笑着说：“瞧你，又说了‘那种’。”

“哎呀！”

“别顾着说这个了，说说那位老师吧。”

“好，她叫作月冈。我把花子的事拜托给她了。”

明子详细地介绍了月冈的情况。

花子母亲高兴地说：“明子居然有在聋哑学校当老师的朋友，真是上天在帮助我们。之前和达男一起去盲人学校和聋哑学校的时候，老师们也亲切地接待了我们，但哪所学校好像都不能让花子入学，都说要么耳朵能听见，要么眼睛能看见，至少得有一方面健全。耳朵和眼睛都有残疾，没有能教这样孩子的学校。除了让达男给花子当老师之外，没有别的办法了。我今后也要学习聋哑孩子和盲孩子的教育方法，打算自己试着去教育花子。既然月冈老师是明子的朋友，就算厚着脸皮也要让她教教花子，请她成为花子的依靠。”

“对呀，阿姨。我们请她做花子的家庭教师吧，把她拉到我家里来。”

“这……”

“没问题。这样的话，我也能常常和她见面呢。”

“哎呀，明子小姐！”

“阿姨，月冈姐姐对待工作特别认真。她说她竭尽全力，悉心指导学生，这样在下班路上，就会觉得度过了有意义的一天。”

“也是，可盲校、聋校的老师如果不这么想，也无法胜任这份工作吧。”

“但月冈姐姐一定是一位特别好的老师！”明子坚定地说，“如果阿姨见到月冈姐姐一定会大吃一惊。她说，每天都教的话，聋哑孩子能说的词汇会渐渐增多，这是最让人欣慰的事。”

花子母亲已经急不可待地想见到这位月冈老师了。

和明子一起去固然是好，可实在不知道什么时候能碰上明子的学校和聋哑学校都休息的日子，花子母亲着急得等不下去了，就和花子两个人出了门。

那是一个雨天。

她们横穿过学校宽阔的操场，进入初等课程的教学楼。

月冈老师的班在哪儿呢？花子母亲一边沿着走廊往前走，一边透过教室的窗户朝里看。

“啊，啊，啊……”

这时，传来哑孩子使劲儿发出的声音，那孩子打着卷起衣服下摆的手语。

“对，从这儿往下都是水呢。”老师比画着膝盖以下都是水。

“水，水，水……”

然后，用两只手在头顶比画着剪刀的形状。

“有螃蟹，有螃蟹啦。螃蟹，螃蟹，螃蟹……”

好像讲的是学校远足郊游时，去赶海的故事。

花子母亲站在走廊上看了一会儿。

这个班有八个人，看起来是二年级左右的孩子。

是一位男老师，自然不是月冈了。

老师做着划船的动作，问：“这是什么？这是什么？”

“船！”

“船！船！”

“船！”

孩子们回答着。

“对！船，船，船，船……”

“船，船，船，船！”

老师和学生一起练习发声。

“噗，噗，噗，噗，噗，噗，噗……”

这次老师模仿着烟从烟囱里冒出来的样子，说：“烟冒出来了。烟很大，烟冒出来了。”

一个孩子突然站起来，跑到母亲的身边。

她指着自己的鼻子说“啊，啊，啊”，让母亲给她擦鼻涕，果然具有哑孩子的特点。

在这里，母亲、姐姐也可以和孩子一起进入教室，她们坐在教室的后排。

“噗噗，冒出来很多烟，在船里，吃了便当。”老师说完，有的孩子假装在船里坐着，还有的孩子模仿起吃便当的动作，热闹的过家家游戏就开始了。

“真可爱呀，花子也想和大家一起玩吧？”

花子母亲笑着把花子抱到窗户跟前。虽然知道她看不见，但也想让她看一看。

老师看了一阵孩子们的船上游戏，说：“好了。坐上船了——坐上船了——春子，你去跟母亲说一说。”

一接到指令，春子就跑到母亲的身边，慢慢地说：“坐上船了。”

“坐上船了。”母亲配合着春子，两个人面对面，嘴唇翘起，说着同样的内容。

聋哑的春子听懂了老师说的话，又把这话跟母亲说了。

窗外的花子母亲也无意间融入其中，学着那对母女说：“坐上、船了。”

那里面有些孩子的发音不好，老师就把自己的手放在嘴的前面，对着手“呼！呼！呼！”地吹着，练习“フ（fu）[1]”的发音，孩子们也学习老师，吹着自己的手。

“去海边了。去海边了。”

“去海边了。去海边了。”

“坐上船了。坐上船了。”

“坐上船了。坐上船了。”

“捡了贝壳。捡了贝壳。”

“捡了贝壳。捡了贝壳。”

1　日语中“船”的片假名写作フネ（fune），第一个音“フ”和吹气时发出“呼”的声音相似。

老师和学生一起重复两遍。

孩子们的书桌上放着贝壳。老师讲了贝壳的故事之后，说："好，接下来把贝壳整整齐齐地排列好，从大的开始，按照大小顺序摆。"

孩子们听了老师的话，便动手摆起来，说着："这是父亲。"

"姐姐。"

"孩子。"

"母亲。"

"哥哥。"

他们给贝壳逐个取名字，然后按大小顺序摆整齐。

花子母亲被可爱的贝壳家族游戏吸引，这时身边突然响起咚咚的大鼓声。

花子母亲吓了一跳。但更让母亲震惊的是，花子似乎能感受到鼓声。

花子母亲抱着花子，鼓声咚咚吓得花子肩膀颤抖。

她发出"啊，啊，啊"的声音。

花子是不是也能听见强有力的鼓声呢？

母亲突然想到："没错了。在那山间的车站，花子不是也听过火车的震动声吗？"

想到这里，花子母亲感觉到一线光明照了进来。

声音的教室

“一。”

咚！

“二。”

咚！

“三。”

咚！

女教师通透的嗓音和鼓声交替传来。这吸引了花子母亲，她朝那边走了过去。

“是‘三’。好，打三下老师的手。”

教室里年幼的孩子们依次起立，上前去抓住老师的手，开心地拍打。

老师一边被拍着手一边数着:“好。一。”

“哎呀，拍得太猛了。好疼啊，好疼，老师好疼。二。再轻一点儿拍。好，三。”

九个小孩子，每人打三下，老师的手心都被打红了。这位手如柔荑的老师，一定就是明子称为“姐姐”的月冈老师。

在只有节日活动上才击响的大鼓旁边，月冈老师弯着腰，每次被拍打都会数着“一、二、三”。

月冈老师脸上洋溢着笑容的样子，果然和明子有些相似。

像是活泼开朗的大家闺秀，丝毫没有教师的那种古板之气。

身材高挑的月冈老师穿着合身的灰色西装。

花子母亲想，这样一个美丽的人愿意做花子的老师吗？她仅仅从窗外看着月冈，内心就能感受到温暖。

听明子说，月冈老师已经知道了花子的情况。这样站在走廊上偷看似乎有失礼貌，但是看到月冈老师和孩子们打成一片、玩得兴起，自己现在进去的话反而会打扰他们，花子母亲就更不好意思进教室了。

月冈老师指着角落里的玻璃鱼缸，问：“金鱼，金鱼有几条？”

“一！”

“一！”

孩子们异口同声地回答。

“对！一！跟我说，一！”咚的一声，老师敲了鼓，“来，一！大家也来敲一下鼓。”接着她逐个叫孩子们出来打鼓。

在这个预科教室里，孩子们的桌子排列成了马蹄形，老师则站在马蹄形的缺口处。

最边上的孩子走过来，咚的打了一下鼓。

下一个孩子挥舞着鼓槌用力地敲。

“哇，好大的声音呀！”月冈老师吓了一跳。

那孩子非常高兴，是不是因为鼓传出的声响震动了听不见的耳朵呢？

同时，那声音震动了花子母亲的心。

由自己胳膊的力量发出的声音，传进自己的耳朵里，聋孩子听到了声音。

用大鼓来教聋孩子，真是一个好想法。花子母亲十分佩服。

“好，这一次大家闭上眼睛。”老师话音一落，孩子们都闭上了眼睛，低下了头。她咚的一下打响了鼓。

听到鼓声，孩子们一齐抬起头，睁开了眼睛。

“大家都听到了吧，听到刚才的声音了吧？”老师环视着孩子们，说，“这次向后看。”

面向后面，抓着椅子靠背的孩子们，果然一听到鼓的声音，就又转向老师。

接下来是以老师的鼓声为信号，听到后立刻站起来，再绕着教室跑一圈。

孩子们回到自己的座位后，老师就和他们一起喊“万岁！万岁！”。

教室里越发地热闹起来，花子母亲被他们吸引，走进了教室。

月冈老师“砰、砰、砰、砰”地轻轻敲着鼓。

孩子们也配合着鼓声拍手。

月冈老师和孩子们玩得起劲儿，看到花子母亲朝自己鞠躬，便轻轻点头回应。

“有客人来了。让这位可爱的客人也打一打鼓吧！”她边说边向花子招了招手。

或许是意识到花子看不见，月冈老师径直朝花子走了过去。

花子母亲连忙打招呼：“明子小姐给我们写了介绍信，我们就过来了。”

“嗯，我知道。就是这个孩子吧？”她说完就要把手放在花子的肩膀上，花子吓了一跳，发出奇怪的喊叫声，挥动着手臂，像猴子似的乱抓。

“哎呀，对不起，对不起，我吓到你了？”

月冈老师并不退缩，反而把手伸到花子面前。

她的手上留下了花子指甲的抓痕，还轻微地渗出了血。

花子母亲想让花子安静下来，这反而让她更加暴躁。原来是花子的“作祟之虫”发作了。

两只看不见的眼睛往上翻，还噘起嘴，样子变丑了。

“没关系，我已经习惯了。这里也有很难适应的孩子。”月冈老师反而安慰起了花子母亲。

花子母亲小声说：“要是像这儿的孩子一样，只有眼睛能看见，那也……”

她又想，如果花子能看到这位容貌如明子一样美丽的老师……

花子母亲抱紧怒气冲冲的花子，向月冈老师表示歉意：“之前去盲人学校的时候，马上就和老师熟悉了起来，今天却发了脾气……之后还要受月冈老师的照顾，却让你看到她这么粗暴的一面……”

“没关系，刚开始被嫌弃的话，之后关系可能会变得更好呢。”老师轻松地笑着说，“我听明子说起的时候，还以为是更加乖僻的孩子。眼睛和耳朵都不健全的孩子，一般来说教养都很难求全。今年就有两个这样的孩子想入学呢……”

“是花子这样的孩子吗？”花子母亲急切地问。

老师点点头，说：“就是今年春天。”

“哎呀！”花子母亲不由得环顾教室四周。她想，这里面也有花子这样的孩子吗？

当然，这里没有眼睛看不见的孩子。大家都朝着花子这边看，有的两只手比画着什么，有的发出奇怪的声音，吵吵闹闹的。这些都是聋哑孩子。

花子母亲说：“果然是没能入学吧。”

母亲们都规规矩矩地坐在教室后方的椅子上，膝盖上摊着笔记本。

母亲们也一齐看向花子。

花子母亲感觉脸好像着火了一样，十分羞愧。

“打扰大家上课了，不好意思。”

花子母亲准备带花子离开时，老师上前挽留了她们，说：“没关系，虽说是上课，其实内容是和孩子们一起做游戏，不用太在意。我刚才还跟花子说好了，要给她打鼓听呀。”月冈老师让花子站在鼓前面，给她摸了摸鼓的边沿。

这时，老师用力打了一下鼓。

“哇，哇！”花子大叫起来，急忙躲开，紧紧地抱住了母亲。

“声音很大吧！”

老师继续咚咚打着鼓。

花子抓着母亲，吓得耸着肩，朝声音的源头挥起拳头。

“这是鼓，花子，一点儿都不可怕。你打一下试试。”

老师把鼓槌递给花子时，花子又挠了老师的手，露出惊恐的神情。

花子母亲接过鼓槌，让花子握着，然后抓着她的手轻轻地打鼓。

“花子，听。咚！咚！”

花子歪着脑袋，突然一副认真的样子。

“哎呀，花子！是不是能听见鼓的声音呀？”花子母亲一边高兴地说，一边转身看向月冈老师。

“嗯，不知道她是不是能听见，但是好像能感受到鼓的声音。聋孩子不能一概而论，他们不都是全聋的孩子。来这所学校的孩子中也有一部分能听见不少声音。大多数听障人士或多或少都能感受到声音，这就是所谓的残余听力。在聋儿教育中，残余听力尤为重要，它在语言记忆、会话习惯方面发挥着重大作用，可父母和医生往往都不太注意这些。在日常生活中，听力障碍的孩子能感受到的声音多是无用之声，所以孩子自己也会无意间忘记对声音的感知能力，这太可惜了。好不容易能听见一点儿吧，可连孩子自己也不知道。所以应该带耳聋的孩子去专业的医生那里检查，如果还保有残余听力，应该好好利用，再去提高孩子的听力。认定孩子听不见，这实在不好。应该尽可能地让耳聋的孩子去感受声音、享受音乐，让他们把声音当作玩具来玩。”

“所以你才利用鼓来教学？”

“对，鼓能让他们更好地注意到声音。”月冈老师笑了笑，说，“在其他学校这样打鼓的话，肯定会打扰别的班级上课，但在这里，旁边的教室里也全是耳聋孩子。”

花子母亲也笑着说:“确实是这样。”

花子一个人打着鼓。

起初，她因为害怕就轻轻地打。渐渐地，她紧握鼓槌，大幅度地挥起，鼓声高扬，十分有震撼力。

此刻，花子的脸颊上闪烁着光芒，身体里也充满了力量……

那是发现新世界的喜悦……

这真的是花子有生以来第一次清楚地感知声音的存在。至今为止，她一直通过身体来感受声响。通过自己发出的声音来感知声音带来的愉悦，这还是第一次。

花子还在心满意足地打着鼓。

“好了，花子，就打到这儿吧。我也要给花子买一只鼓。”

花子母亲想让花子离开这只鼓，可是她根本不理会。

“鼓很好吧！对耳朵听不见的孩子来说，让他们熟悉鼓、笛子、喇叭这类能发出声音的乐器尤为重要。虽然没有办法得到很多能发出声音的玩具，但敲敲鼓、吹吹笛子，快乐玩耍之中自然而然就认识了声音的世界。”

月冈老师边说边注视着奋力打鼓的花子，然后又转向

学生们，说：“大家配合着花子的鼓声，一起给她拍手吧！”

“咚！咚！咚！”，打鼓声与孩子们的拍手声交融在一起，大家已经忘记花子和这些孩子是耳聋儿童了。

听着那来自神明之子的鼓声和天使的拍手声，花子母亲颇感幸福。

“谢谢，太感谢了。”她对着孩子们连连低头道谢。

坐在教室后方的母亲们，也有几位流下了眼泪。

“谢谢大家！”月冈老师也向孩子们致谢，“接下来我们玩什么呢？清一，久子，到我这里来。”

那两个被邀请的孩子来到老师身边。

“久子，生病，生病，生病……”老师把嘴靠近他们俩的脸，一字一句慢慢地说，“清一，医生，医生。久子生病，清一，医生。明白了吗？清一医生，请给，生病的久子，看病。”

接着，老师先做了一个医生诊断时的动作给他们看。

叫清一的孩子给久子号脉，又咚咚的拍了拍她的胸膛。

久子被拍得发痒，缩起胸膛笑了起来。

接下来扮演病人和医生的两个孩子也做了同样的动作。到了第三组，三个孩子一起被叫出来，最小的孩子是病人，男孩是医生，高个子的女孩说：“母亲！我是母亲！贵美子，母亲的孩子，贵美子生病，不能走。母亲背贵美子，看医生。”

高个子的女孩背起贵美子转着圈走。

“真可爱呀。你几岁了？”花子母亲站在窗边看，情不自禁地问了一句。

贵美子比花子还要小很多。红色衣服的下摆垂到膝盖处，身体还像婴儿似的柔弱，摇摇晃晃地迈着步子。她的脸颊呈蔷薇色，嘴唇上好像还沾着母亲的奶汁，如丘比特人偶那样清澈的眼睛滴溜溜地转着。

月冈老师说：“虚岁六岁，可实际上才四岁零几个月。五六岁到七八岁的孩子，正好上幼儿园呢。”

扮演医生的孩子在一本正经地给贵美子诊断。

在玩这个游戏的时候，“生病”和“医生”这两个词被重复了很多次，孩子们也就记住了。

“砰、砰、砰”，老师不时地敲鼓作为指令。

扮医生游戏结束后，就是蝴蝶戏花的游戏了。

“大家都喜欢花吧？蝴蝶朝花飞过来。蝴蝶在花上飞来飞去，最后落在花上。”

一个孩子扮作花，三个孩子像蝴蝶一样围着他飞舞。

有的孩子双臂像蝴蝶翅膀似的扑扇着，跳得真是有模有样。

母亲们的日记

暮春之际，雨如灰色屏障，绵绵不绝，校园里的石子也被打湿成了深沉的颜色。教室里，年幼的孩子们方才开始玩各种各样有趣的游戏，一张张朝气蓬勃的脸庞红扑扑的。

鼓的声响激励了耳聋的孩子们，还让孩子们听见了他们喜爱的月冈老师的心声。

蝴蝶戏花的游戏结束后，九个孩子回到摆成马蹄形的椅子上，老师拿来一本很大的书，像是要给大家看秘密似的，悄悄地朝孩子们招手："到这儿来！到这儿来！"

最边上的孩子站起来刚要走过去，老师说："轻轻地，轻轻地，轻轻地走！别出声，别出声。"

那孩子就蹑手蹑脚地走了过来。

"来，悄悄地看哦。"老师打开书让他看，然后悄声告诉他，"仔细地看，听明白了吗？"

孩子也像在窥探一个秘密似的，点了点头，露出了笑容。

究竟是什么呢？其他孩子的眼里闪着好奇的光芒，等不及轮到自己去看。

那本书好像是绘本，但上面究竟画了什么呢？这也引起了花子母亲的好奇心。

孩子们一个一个地去老师身边，九个孩子都看完之后，老师转过身来，说：“大家都看清楚了吗？是什么图呢？划船比赛，是划船比赛的图。好，大家到这里来。”

大黑板和学生的书桌之间是一片铺了木板的空间，看起来像个游乐场。

接着，划船比赛开始了。

月冈老师一屁股坐在了木板上，伸出两只脚，这让花子母亲吃了一惊。月冈老师为了配合孩子们的心性，边做游戏边教他们的时候，连自己的动作都和孩子们保持一致。

孩子们学着月冈老师的动作，坐下来之后排成一列。

老师两手示范划船的姿势。

“预备，开始！”她喊着口号，自己也加入了比赛。

“加速！加速！加速！”

孩子们两腿使劲儿蹬地，划着向前进。

船不能直着向前，有的孩子撞到旁边的孩子，有的女孩子的裙子下摆卷起来了。不出所料，最慢的是年龄最小的贵美子。

贵美子的腿还像婴儿的一样胖乎乎的，很柔软，好像也使不上力，红彤彤的，那拼命努力的样子着实可爱。

“贵美子，真厉害！真厉害！”月冈老师把她抱了起来。

“大家围成一圈！坐下！”老师把孩子们叫到跟前，让他们围坐成圆圈。

“大家看，这是狗，汪、汪、汪！”老师四肢趴在地上给大家看，“汪、汪！你们也试一试！”

孩子们也像小狗一样四肢着地来回爬，一本正经地互相瞪着眼睛，汪汪叫着。

这不仅是让孩子们模仿狗，还让听不见狗叫声的孩子们去听自己发出的狗叫声，这意义重大。

月冈老师高兴地说：“接下来我们一起玩套圈的游戏。”

一共有五个圈，依旧是老师先做示范。她说：“圈套进去了就是套中了。如果没套中，掉下来了，我们就一起说‘没套中’。”

圈掉在了地上，大家齐声喊：“没套中！”

“没套中！”

孩子们好像很难说清楚这句话，听起来是沉重而浑浊的声音。像是认真数数字时的语调。

“大家好好套呀！”

老师把一个孩子叫过来，递给他圈。

那个孩子没套中的时候，别的孩子就说：“没套中！”

套中的时候，老师就掰着手指数数：“一、二。套中了三个呢。套得真好！三个。清一，你来画三个圆圈。”

老师从黑板旁拿来两支粉笔，说：“你喜欢哪种颜色？黄色，对吗？清一喜欢黄色吧？不喜欢红色？喜欢，不喜欢。你说：‘喜欢！’”

“喜欢！”

“很好。那你说：‘不喜欢！’”

“不喜欢！”

“好，你来画大圆圈，画三个。”

数字、颜色、喜欢、不喜欢，这些词汇巧妙地融入了游戏里，令花子母亲赞叹不已。

花子母亲从被鼓声吸引而来到看着孩子们数着鼓声拍打老师的手，这一个小时内，她看到月冈老师用各种各样的方法，反反复复地教孩子们用一、二、三来数数字。

就这样，几个小时、几天、几个月，坚持不懈地反复练习。

老师的用心良苦和诲人不倦……

她不厌其烦，从未露出嫌弃的表情，和孩子们一起快乐地玩耍，那样子绝不是装给别人看的。

像月冈老师这样年轻貌美的大小姐，为什么能做到这一点呢?

花子母亲想，自己甚至不知道应该如何教育唯一的女儿花子。

孩子们都套完圈，大概为了和跑跑跳跳这种玩与学相结合的教育方法有所区分，再调整一下孩子们的情绪，接下来，老师给孩子们发了白纸和毛笔。

她站在孩子们的面前说:“纸，纸！”

孩子们学着老师的口型说:“纸！”

“毛笔，毛笔！”

“毛笔！”

“给你！”

让孩子们一个一个地说“谢谢”，再给他们纸和毛笔。

墨水也发放完毕。

“请大家随便画自己喜欢的画！”

老师环视着孩子们欢乐的笑容，然后走到花子母亲身边。

“今天是第一次画毛笔画，大家都很高兴呢。”

花子母亲默默地点了点头。

不管用什么办法，花子这辈子也不能画画吧……

但花子母亲用欢快的语调说：“看到你这么用心地教学，就觉得他们的耳朵好像听得见了。”

“是呀，想了各种各样的教学方法，但心有余而力不足，于是请母亲们来帮忙了。”月冈老师的视线转向教室后方，看着坐在窗户边的椅子上的母亲们，说，“反正每天都陪着孩子来学校，就让她们在教室后面观摩。”

每个母亲的膝盖上都摊着一本笔记本，在写些什么。

“让母亲们记下孩子们在学校学习的内容还有在家里的生活。不管在学校教了多少词汇，如果在家不使用那个词，也是无济于事。在学校的时间只占在家时间的几分之一而已，家庭教育一直都很重要。应该说，学校的老师其实是在辅助家庭教育。在日本也有聋哑少女上普通学校，并以优异成绩毕业的例子呢。”

“真的吗？”

“是滋贺县八幡市的一个姑娘，生下来就是聋哑人，但也以优异的成绩通过了女校入学考试的面试。她的家人都热衷于对她的教育，这定是费尽苦心才得到的成就。”

“你说得正是。”

“听说那个姑娘的姐姐看到过很多次她们父亲在教女儿时双目含泪，看得姐姐自己都想哭了呢。”

花子母亲点了点头。

“这所学校也有刚一入学就掌握了视话法的孩子，因为成绩实在太好，班主任觉得很奇怪，问了才知道原来多亏了孩子母亲的努力。那位母亲在报纸上看到一则新闻报道，上面写着，最好从小开始教聋哑孩子读唇法，这样孩子看口型便可以知道对方说的话了。她想，若是真如报道说的那样就好了，于是让孩子从三岁就开始学。她还说，不让家里的人打手语，不管孩子明不明白，都要让孩子看着别人的脸说话。全世界的家庭里，母亲应该都是一样忙碌，不一定有和孩子独处的时间。傍晚洗澡的时候、晚上陪孩子睡觉的时候，她不唱摇篮曲，而是重复‘眼睛’‘手’这些词汇。等到孩子五六岁的时候，父亲、母亲、兄弟姐妹、朋友、猫狗的名字都能说出来了，数字也记到了十呢。”

“如果早点儿知道这位伟大母亲的故事就好了。”花子母亲说着，惭愧地垂下了头。直至今日，自己又为花子做了什么呢？

仅仅是一味地虚度光阴、无所适从，还让达男去寻找解决花子教育问题的线索……

月冈老师也很同情地说：“孩子看不见又听不见，做母亲的更无计可施了。”

花子母亲发自肺腑地请求道:“能否借助你的力量，教一教……”

“如果能帮到你，我一定全力以赴。”

“太感谢了！”

“残疾孩子的母亲，大致可以分成两类：一类是徒自悲伤，苦思苦想；另一类是干脆放弃，破罐破摔。母亲们的心情不是不能理解和体谅，但也不能坐以待毙。我认为，不论在家还是在学校，孩子、父母、老师这三方面都要团结一心。教育是关键，但如果不从母亲的生活开始改变，一切都无济于事。我居功自傲地说着什么‘指导母亲’，但她们也每天都在忙碌着。和母亲们谈起各种各样的问题时，总觉得自己羽翼未丰、困难重重，总是想着要是自己年纪再大些该多好。”

“是吗？”花子母亲很震惊。看着月冈老师美丽的脸庞，她想:“月冈老师居然希望自己年纪再大些就好了！”

青春烂漫的妙龄姑娘，为了身患残疾的孩子们，也为了那些母亲，竟然说出这番话。

花子母亲把这番话铭记在心。

“我打算竭尽全力，毫不懈怠地坚持下去。把孩子们日渐增多的词汇量作为衡量自身努力的标准，这真是令人充满动力呀！”

“老师说的那些内容，孩子们大概需要多长时间才能明白呢？”

“最理想是一个月，但是也因人而异。”

“这么快？”这又令花子母亲十分佩服。

月冈老师好像突然想起来什么似的：“明子是怎么介绍我的？最初我的老师让我秉着参考的目的来这所学校看看。可是孩子们太可爱了，我就不打算再去别的地方了。”

“多亏有你在，不知道孩子们有多幸福呢！”

“我也是因为喜欢才在这里工作的。”月冈老师绽放着微笑，“有时候我和母亲们聊很多，或者给她们一些复印资料，次日她们就像变了个人似的，急匆匆地来到学校。她们细心地观察孩子，记录孩子的生活，我虽然每个星期只看一次记录，但总是被母亲们深切的爱所感动。果然母爱是无法超越的，而母亲又是如此强大。”

“身为残疾孩子的母亲，就得更加……”

“对，还有一件让我惊讶的事。在日本的家庭里，母亲真的都很忙，从早上起床直到晚上躺下，一直有各种家务琐事缠身，根本没有读书、思考问题的个人时间，也没有人能帮她们分担。于是我想做点儿什么帮助她们。”月冈老师带着少女一般的天真与率直这样说。

“确实，每天都这样陪着孩子上学也很辛苦呢。”

“没错，孩子身有残疾需要陪同，而母亲回到家后，还积攒了一堆事情……”月冈老师看着花子母亲，接着说，“总会有解决办法吧。做家访的时候，我会和母亲们聊一聊，我还从家里搬来书架放在教室的角落里，书也是从家里一点点拿来的。摆放了一些易读的书，她们在休息时间就如饥似渴地读呢。”

月冈老师还在母亲的教育上如此熬费心力，花子母亲不能不惊讶，她朝书架望去。

窗户的玻璃上滴着水珠，还能听见雨声。

月冈老师小声说：“金鱼的坟墓！淋了雨……”

窗户旁边的合欢树下立着一根小木桩。

老师跟花子母亲说：“刚才你来的时候，孩子们正在说金鱼吧？看着挺伤心地说‘一条，一条，金鱼’。”

“对。”

“说的是金鱼的坟墓，刚刚才搭好的。”

“孩子们去搭的？”

“不是，下着瓢泼大雨呢，是我去院子里搭的。”

“哎呀！”

“今天早上一来学校，孩子们吵吵闹闹的，说是鱼缸里只剩下一条金鱼了。我一看，另一条金鱼被扔在院子里的树下了。原来是一个孩子的母亲看见死鱼漂在水面上，就给扔了。不会说话的孩子一直缩在自己狭小的壳里，也缺少普通人的情感。他们非常自我，不会怜悯他人，也不会关心他人。情操的教育是格外重要的。金鱼死了，好不容易他们能觉得那很可怜，就不能浪费这种情感。我拿来铁锹和用作墓碑的木头，挖了洞，把金鱼埋在里面，还在旁边献了花。孩子们从屋里看着，因为亲眼所见，所以记牢了词汇。‘金鱼死了，死了。很可怜。给它献花。行了礼，行了礼。’可以教他们这些美好的词汇。”

花子母亲点了点头。

仔细一想，这些词汇确实都很美好。

耳聋儿童，如果第一次知道这些词汇和词汇蕴含的心意，那真的是一件美好的事啊。

花子母亲想：“我们不经意地使用这些浅显易懂、微不足道的词汇，可又理解其中蕴含的意思吗？”

雨淋湿了金鱼的坟墓和摆放在那前面的花，花子的母亲凝望着它们。

花子母亲想起花子曾经弄死了蝴蝶，还揪下了它们的翅膀。

合欢花好像不喜欢被雨沾湿，轻轻地合上了叶子，那叶子被雨打得左右摇晃。

月冈老师走到孩子们的面前，说：“这是什么？你在画什么？画得真好呀。”

一个人一个人地问过后，她又回到花子母亲这里。

“都是第一次画水墨画，还不能好好地掌握哪里该用浓墨，哪里该用淡墨呢。”

还有孩子舔了毛笔尖，把嘴巴都染黑了。

月冈老师拿纸给那孩子擦了擦嘴，她面带微笑却若有所思，像自言自语一样询问花子母亲：“观摩了上课的情况，有什么感想吗？”

花子母亲被突然问起，不知如何回答。

“我看到孩子们受教于如此优秀的老师，真是幸福啊。”花子母亲低下了头，又说，“要是这孩子的眼睛能看见，就可以来老师的教室里……”

月冈老师点点头。她伸手想去抚摸花子的头，却又把手缩了回来。因为她的指尖在轻微地颤抖。

“昨天我竟然哭了。你说是不是挺可笑的。我去小学参观了，学校里有一位热忱的女老师，是我的同学。在这里，一个班最多十个人，我同学的班里竟然有六十个孩子，却不让他们畅所欲言！这本是理所当然的事情，我却觉得不可思议，还伤心起来了。那所学校的孩子即使左顾右盼、不专心看着嘴，也能听见别人说的话。想到我这些不能说话的孩子，又看到那里本可以畅所欲言的孩子，我哭了起来。当时我还说：'我很羡慕，可想到自己的孩子们，心就空荡荡的。我的那些孩子，他们听不见，也不会说话。'同学也流泪了。"

花子的母亲也眼眶一热。

"我同学的学生们很快就和我熟悉起来了，还跟我说：'老师，今天住在这里吧！''住哪儿？''学校里！''但是没有被褥呀。''别担心，我从家里给你拿过来。'惹得大家哈哈笑。但是呀，老师一休息，大家会觉得没着没落的吧？我的学生也同样会感到寂寞，多可怜呀。我说了这样的话，然后回来了，但是有一个想法一直在脑海中无法散去，即使只能达到那里孩子的百分之一，也想让自己的孩子们说出话来。"

有教一下就立刻明白的孩子……也有怎么教都不明白的孩子……

月冈老师比较了同学的学生和自己的学生，不免伤心。

但是，像耳聋孩子能感受到鼓声一样，他们一定也感受到了月冈老师的良苦用心。

“我想，我不可能扔下我的孩子们去别的地方了。”

花子母亲抬起头，看着月冈老师精致的侧脸，嘴里轻声念着:“就算嫁了人也……？”

老师把孩子们的画汇集在一起，然后给每个人发了一本绘本，又把陪同上学的母亲们招呼过来，说:“请大家到孩子的身边来，和孩子一起看绘本，再跟他们说说话。有马的话，你就说‘马’……”

老师也给了花子母亲一本笔记本，原来是一位母亲的“生活记录”。上面写着:

陪孩子上学的诸位母亲都认真地考虑、记录孩子的事情，由此我获得了协力共进的同伴，倍感欣喜。我试着写一下注意到的两三件事情。

〇可爱的孩子听不见，也不能好好地说话，这着实令人悲伤。一定有人想着也许能治好他们，尝试了各种各样的方法，比如找某个地方的医生、药物等。然而结果使我们明白，如果不来学校，孩子们是得不到幸福的，所以才来到这里。即使上了学，但是一看到普通的孩子，我想各位心里也难免蒙上一层阴霾。

可是，这是非常懦弱的生存方式。不能一直陷入悲伤之中，必须尽早重拾士气，与命运做斗争！

因为耳朵听不见，所以要比教普通的孩子更用心，我想让他们能尽早阅读书籍、学会说话，秉着坚强的态度去面对生活。

这所学校的入学考试那天，来了两三个耳朵听不见、眼睛也看不见的孩子，还有很多耳朵听不见且智力有缺陷的孩子。比起他们，我的孩子们，不，大家的孩子们是多么朝气蓬勃，又是多么活泼开朗。

如果诸位母亲爱发牢骚且心情阴郁，这也无益于学校的教育。我们要秉着让他们不输于普通孩子、必定成为优秀孩子的信念来培养他们！

〇做记录，并不只是把上课的内容通通都写下来。把在教室做的事情全部写下来不是不好，但是应该更深入，注意到自己想教他们什么。比如要特别记录某一点，避免冗言赘述（有时候可能会写下不打算教他们的词汇），请大家自己考虑一下。

然后，更重要的是回到家里之后，如果把笔记本扔在衣橱上面，好不容易做的记录就毫无用处了。当

天教的主要词汇、孩子没有理解的词汇，都可以从笔记本上找到，再反复练习。也要给家里的其他人看笔记，让他们知道学了什么内容。不可以觉得学校是学校、家是家。还有，主妇的工作再加上孩子的学习，为了不加重母亲们的负担，全家应该齐心协力，共同担当教育孩子的责任。

另外，做记录的时候，请记下孩子在家里做了什么、用什么方法让他复习、有什么困扰的问题、什么方面惹人疼爱、在学校发生什么事情。针对每一件事情，要把你的想法和看法也尽量写下来。老师和陪同的家长们在交往之中不能互相隐瞒、遮掩。有时，遇到恼火、不愉快的事情也要毫无顾忌地去倾诉。这样，老师和陪同的家长才能共同进步，才能为了孩子而变得更好。让我们一起研究下去吧！

○不要出了校门就将学过的词汇置诸脑后，如果不想办法去运用，就永远不能掌握它。还要想方设法让孩子觉得有意思并乐在其中地去记住学习的内容。也不能勉强他们开口发声。

走路、在院子里玩耍、陪他们睡觉的时候，有很多简明易懂的话题都可以说。厨房也好，别处也罢，都是绝妙的教室。请大家处处留心，常常指导。

○天气热了。孩子们会自己洗短裤吗？再过些日子就到了出汗的季节，隔一天就得更换一次，让他们一直保持整洁。

花子母亲打开的笔记本上全是月冈老师写的注意事项。她感叹道：“哎呀，连孩子的内衣都会注意到……”

笔记本的第一页还写着：

自己穿衣服。西装　围裙　扣子　裤子

自己穿袜子。袜子　长　短

早晚都要打招呼。早上好　晚安

这些让孩子在家做的事情，都是月冈老师写的。

最后一页上写着：

天气渐渐暖和了，孩子们在往返学校的路上，会比平时感到更累。让孩子充分休息、摄取营养，注意他们的身体。

每看一条注意事项，花子母亲都被老师的伟大所感动，有时甚至不禁流泪。如此深入地留意孩子们的生活，真是接近完美。

因为不想错过任何机会，平日我反复提出自己的要求。母亲们都特别认真地去执行，真的令人钦佩。与各位母亲齐心协力、共同进步，是我最大的愿望。我十分欣喜地感觉到，这愿望与理想之间的距离正在缩短。

诸位母亲和我都是普通人，有时难免感情用事，有各种各样的想法、各种各样的考虑。但是，如果能突破这个难关，彼岸的真实必定出现。另外，通过对孩子的爱的强大力量而互相建立联系，隔阂也都会消除。

这些都是月冈老师写的。

月冈老师每星期都看一次学生母亲们写的记录，并写上自己的建议和注意事项。

那母亲们如何记录自己的孩子呢？花子母亲很想读一读，但那像是在窥探不幸之人的秘密，总觉得有点儿不好。

因而她只挑老师写在各处的文字来看。

花子母亲看着月冈老师写给母亲们的话语，每一句都触动自己的心。

自己像是被训责又被鼓励了一样。

“这所学校的入学考试那天，来了两三个耳朵听不见、眼睛也看不见的孩子，还有很多耳朵听不见且智力有缺陷的孩子。比起他们，我的孩子们，不，大家的孩子们是多么……”

这番话则如冰冷的针一般刺入花子母亲的胸口。

她想，这里就有一个耳朵听不见、眼睛也看不见的孩子。

果然花子既去不了盲人学校，也去不了聋哑学校。而且，花子还被拿来与耳聋的孩子比较，以安慰耳聋孩子的母亲，让她们觉得自己还是幸运的。

花子母亲对月冈老师的话语深表钦佩，同时又觉得反感。可是这是妒忌心作祟，还是自己在发牢骚呢？她重新整理了思绪，觉得和耳聋孩子的母亲相比，自己必须倾注百倍的心血去培养花子。

她询问道:“这所学校也有入学考试吗？”

“有。非常难呢。只录取十个或者十一个人，却有六十个人来参加考试呢。”

“欸？”这令花子母亲难以相信，“这也太可怜了……”

“确实可怜呀。原本不想让可怜的小孩子在入学考试上再受一次苦，可是……”

“六七个孩子中只有一个能进入学校学习吗？”

“没错。而且因为都是耳聋孩子，考试很难，孩子们很难理解呢。”

“不能入学的孩子怎么办呢？”

“明年再参加考试。没考上的话，后年再考。有考过好几年的孩子呢。”

“哎呀！但是，不是义务教育吗？”

“不是义务教育。没有足够的学校来接纳所有的耳聋孩子，有私立学校，但是依然不够。所以义务教育行不通呢。”月冈老师说到这里，露出了黯淡的神情。

花子母亲觉得奇怪，问：“也有上不了小学的孩子？”

因为她觉得与普通的孩子相比较，聋哑孩子更需要接受教育，可连小学都上不了的话……这世间真是不合道理。

被学校排斥在外的不仅仅是自己的花子，还有眼睛看得见的耳聋孩子，而耳朵听得见的盲孩子或许也是如此。

“哪怕多一所聋哑学校，多一位老师，也是好的呀！”

“是呀。”月冈老师点了点头。

接着，她朝母亲们的方向看去，提醒道：“清一的母亲，说话的时候请让孩子看到你的嘴，不然你说给他听的时候，他也不懂呀。”老师接着说，“必须让他们朝这儿看，看到自己的脸。比如有一张画上有士兵，就要指着那个说‘士兵’。不给他们看自己的口型，根本没有效果。还有，仅是照本宣科，孩子不能理解。如果画着一位男士，那就对着孩子说‘父亲’‘叔叔’之类的。”

母亲们蹲在自己孩子的书桌前，和孩子看着绘本，嘴里还在说着些什么。但是，有的扭扭捏捏，有的碍于情面，好像教得不大好。要大声说很简单的词，又要逐字逐句地反复说很多次，一定是觉得不好意思吧。各位母亲之间也互相有所顾忌，显得十分拘谨。

这时，下课铃响了。

“把书收起来。把书收起来。”月冈老师说着，咚的敲了一声鼓作为指令。

“拿着帽子过来。”

老师拿着帽架上留下的一顶帽子，问:“这是谁的帽子？”

原来是年纪最小的孩子——贵美子的帽子。

“是贵美子的帽子。”

小孩子模仿着老师也说了一句:“是贵美子的帽子。”

孩子们排成一列，和着老师的鼓声开始原地踏步。随着鼓声逐渐加快，大家开始走起来，不久又跑起来。

在教室里跑了两三圈之后，大家看起来都充满活力，反复说着:“再见！”

“再见！”

“再见！”

老师朝着每一个人说:“明天我们再一起玩！明天我们再一起玩！”说的同时，还帮他们穿雨衣。

有的孩子紧紧地抱了老师一下才走。

“花子，再见了！”月冈老师把花子带到鼓的旁边，强有力地一直敲着鼓。

月冈老师和她们约好，下次家访的时候也会去花子家，待那时再好好商量。

花子的母亲在校门口伫立良久，望着雨中归家的孩子们……

家访

参观完月冈老师的课，鼓成了花子的玩具。不，不仅仅是玩具，更是呼唤花子灵魂的、神明的铃声。

从聋哑学校回家的路上，花子母亲顺路去了百货店，买了各种各样能发出声音的玩具。

出生不久的婴儿玩的玩具多是能发出声音的，母亲也都买了，还买了笛子，因为月冈老师告诉她，让不会说话的孩子吹笛子，可以练习呼吸的扩张。

可是，最让花子开心的还是鼓。

除了玩具鼓，花子母亲还找来了庙会上敲的大鼓。

花子可以骑在那只大鼓上。

伸开双臂去环抱大鼓，鼓大到一只手够不到另一只手。

月冈老师教室里的鼓更大一些，而花子的鼓是庙会上孩子们敲打的鼓。

花子不分昼夜地敲着鼓。

“吵死人了！”

即使邻居们抱怨，花子也什么都听不见，毫不在意。

“吵扰到您了，实在是抱歉啊。”花子母亲虽然道了歉，但并不想阻止花子，而是想让她尽情地敲打。

自出生以来，这是花子第一次觉得声音如此有趣。对于一个耳朵听不见的孩子来说，这其中蕴含着重大的意义。

花子母亲自问自答：“花子是不是也能听见鼓声呢？确实听得见。真的能听见。”

花子的鼓声吸引了住在附近的孩子们，他们都凑过来，抓着门柱朝家里窥望。

花子母亲想，花子要是能交到玩伴就好了。于是她把孩子们唤入屋中。

但是，别的孩子一靠近鼓，花子就像猴子似的叫起来，还挥起鼓槌乱打。因为眼睛看不见，不管那是对方的头还是脸，她都肆无忌惮地打，十分危险。

花子似乎觉得，只要别人碰了自己的东西，就是要把那个东西拿走。对花子而言，和很多孩子一起友好地玩耍是难以想象的吧。

孩子们使着坏，异口同声地嘲笑花子：“喂！你这个瞎子！你这个聋子！”

花子母亲打开二楼的纸拉门，孩子们就一哄而散，纷纷逃走。

花子母亲目送着他们的背影，不由得望了一眼天空。

黄昏之月挂在空中，还有淡淡的星星。

她低声细语地说:“花子什么时候才能知道，天空中有月亮和星星呢？”

公园那边飘来新叶的香气。

花子的鼓发出强烈的响声。

“知道了！”花子母亲应了一声就去找花子。

刚刚的鼓声是花子呼唤母亲的信号。

花子母亲能分辨出花子鼓声的意思。她注意到，花子在高兴、悲伤、欢喜、生气的时候，敲打鼓的方式各不相同。

花子不能说话，她打的鼓却能说话。

耳聋孩子自然而然地用声音表达内心。在母亲看来，这也是令人欣慰的。

花子在心里呼唤“母亲”时，只要一敲鼓，母亲就马上来了，所以想喊母亲了，就敲敲鼓。

催促母亲准备饭的时候，也敲敲鼓。

睡觉的时候就把鼓抱上二楼，到了早上，咚咚敲几声叫醒母亲。

“哎呀，吓我一跳！”母亲跳了起来，“在枕头边敲鼓，这可不行呀，像打雷一样。”

本以为花子就敲到这里了，可她还在继续敲个没完。

“哎呀。别敲了，今天是星期日。左邻右舍好不容易熬到今天，都想舒舒服服地休息呢。”

母亲把花子抱起来，刚想下楼去洗脸，就看到八角金盘的叶子映着朝日，熠熠生辉。

“真是个好天气！”

水管里流出的水也冰凉且清澈。

已经是初夏的早晨了。

晌午过后，玄关传来月冈老师悦耳动听的嗓音，花子母亲立刻跑出来，用明朗的语调说：“今天早上我就感觉会有好事发生呢。”

月冈老师结束了班上学生的家访，在回家的路上顺道来了花子家。

月冈老师和之前花子母亲在学校见到的时候一样，未施粉黛，身着整洁的西装。在这种地方见到她，更想称她一声“大小姐”了。

“哎呀，这是花子的鼓？真漂亮，又大又气派！”月冈老师说着就咚的敲了一下，“哇，声音真不错！”

花子母亲想，老师的声音不知道比鼓声好听多少呢。

只是稍微听一下那声音，就让人心情愉快、豁然开朗，还能感觉到她的亲切随和、诚实可靠。

但这时，花子龇着牙，吼叫着朝月冈老师冲过来。

“哎呀，好疼！好疼呀！”老师像一个小女孩似的喊疼。

花子母亲顿时惊慌失措，说：“花子，花子！这是老师呀！是给你敲过鼓的老师呀！”

“没关系！是我突然碰了花子的鼓……”

老师要把鼓槌还给花子时，花子挠了那伸过来的手。

手上留下了指甲挠过的痕迹，还渗出了血。

花子抱着鼓，一个人上了二楼。

“啊，我被嫌弃了呢！”月冈老师笑得像个女学生，用嘴吸了吸手背上的血。

她站起来抬头看着二楼，咚咚的拍着梯子，呼唤着：“花子！花子！”

花子母亲向月冈老师道歉，但月冈老师只是温柔地摇了摇头，说：“学校里也有不容易接近的孩子呢。”

月冈老师的举止和谈吐依旧散发着少女一般的气息，花子母亲想，要是自己有这样的妹妹或女儿就好了。

“老师去家访，孩子的家里人都特别开心吧？”

“对，我也乐在其中呢。刚才我到一个男孩家里去，刚一进门就听见哇哇的哭声，我停下脚步，家里很狭小，一眼能把整个屋子看个遍。哭的不是我的学生，而是那学生的哥哥，问他怎么了，说是不会做算数的作业。上寻常小学四年级了，不会做除法的应用题，正在发愁呢。我摇身一变，成了他哥哥的家庭教师，教他算术，而我的学生就高兴地笑着看我。哥哥的算术题花费了不少时间，我又顾不上弟弟。弟弟等得不耐烦，拍手又蹦蹦跳跳地想吸引我的注意，真是颇为可爱的抗议。结束的时候，还翻跟头给我看呢。”

花子母亲微笑着聆听。

“真是个可爱的孩子。这里有那孩子母亲写的日记。”月冈老师说完，起身把放在玄关的包拿了过来，“说是一下雨就去接父亲。你不妨读一读。”

花子母亲看到月冈老师翻开的那一页，上面写着：

×月×日

从清早开始就有下雨的征兆。做完广播体操之后，让他给一张填色画涂色，之后他就自己玩了。他又和哥哥一起去马路那边，趴在地上画汽车和电车。

傍晚终于落下大滴的雨，他急急忙忙跑进家，对我说："雨，父亲。一个人，一个人。"

他边说边用毛巾使劲儿盖住头脸。我以为这孩子在做什么有趣的事情，就一直看着他。不一会儿，他穿上长靴子，撑着伞，冒着雨出门了。

原来是去电车站接他父亲了。

第一次遇到这样的事，我也着实吃了一惊，怀着难以言表的心情看着清二的背影。

不一会儿，他父亲回来了，两个人肯定是走岔了。

我去电车站接清二的时候已经是傍晚了，那里挤满了迎接家人的人。清二就在人群中等待着父亲。我一时百感交集。

我告诉他父亲已经到家了。他估计想着，自己大老远跑过来接父亲，结果扑了个空，就发脾气了。我背他回家，他趴在我的背上高兴极了。

结果我们全身都淋透了，但是，我看到傍晚下雨时冒雨去接父亲的清二，就特别高兴，完全不觉得自己被淋湿了。

花子母亲读着读着，想起了花子父亲——已经去世的车站站长，心里甚是难过。

花子该去哪儿迎接父亲呢……

在清二母亲的日记旁边，月冈老师用红笔写下了自己的感想：

多么可爱的清二！母亲的心灵又是多么美丽！边读边觉得内心平静了下来。我真想跑去告诉所有人，这里有一位好母亲，有一个乖孩子！请好好培养清二那真挚的情感。希望他能把对父母的爱扩大到朋友以及世间众人身上！

清二母亲那一天的日记还未结束。

吃完午饭，清二拽着我的袖口，说："学校，电影。"

是不是有人告诉了他，今天在小学校里会放映电影呢？

我说："哥哥不在，我们不能去。"

他说要自己一个人去。因为离得不远，我答应让他自己去，他就高高兴兴地出门了。

但还是放不下心，之后去看了看他的情况，看到他坐在最前排看电影呢。

看到那一幕，百感交集。我总觉得，像他这样的孩子放在人群中不知道会怎么样。他哥哥到八岁左右还不能一个人到人群里去，相比下来，清二是多么勇敢，令人惊讶。

我一个人提前回家了。过了一个半小时左右，清二嘴里嘟囔着“电影，一个人”，笑嘻嘻地回到了家。

他如果能说会道，一定会得意洋洋地告诉我看的内容。想到这儿，我觉得他很可怜。

真希望他能早点儿说出话来。

花子母亲拿着日记本，一直低着头。

月冈老师看到花子母亲愁容满面，试图缓解这种忧伤的情绪，笑着说：“我担任起了孩子们的家庭顾问，因为年纪太轻，遇到不少困难呢。”她继续说，“真想快点儿老成起来。若能到你这般年纪，工作的时候就方便多了。”

“哎呀！”

“清二下边还有个一年零六个月大、还在哺乳期的孩子。我跟孩子母亲说应该尽早断奶，然后把在妇人杂志上读到的可以给婴儿喝苹果汁的知识告诉了他们。结果孩子一直闹肚子。一问才知道，说是把一整个苹果的果汁都给孩子喝了。”

两个人为此发笑的时候，达男朝气蓬勃地进来了。

“花子！你好！”他又说，“我姐姐也一起来了。”

“哎呀，达男，你姐姐也来了？来得真是时候，快进来。”花子母亲跑着去玄关迎接他们，又说，“今天早上我就

感觉会有好事发生呢。”

达男看着花子母亲说:“阿姨您看起来真精神！有什么高兴的事吗？”

“是呀，确实有让人高兴的事。你猜猜？”

“嗯……”达男环视了一下屋里。

“达男，太没礼貌了，有客人在呢。”明子训斥了达男，达男发现脚边有一双女士鞋。

他指着问:“这是客人的？”

花子母亲微笑着点点头。

明子也看了看鞋子，细声问:“月冈姐姐？阿姨，是月冈老师的吗？”

“你怎么知道的呀？明子小姐的直觉真是准……”

“明子！”月冈老师唤了一声，起身来了这边，“哎呀，真难得。明子竟然穿着和服，我还是头一次看见！”

月冈老师的声音微高、清澈通透，仍和学生时代一样充满力量。

明子瞬间就回想起中学一年级的时候。

“一看鞋子我就马上知道了。”

“只看了鞋就知道了？”月冈老师有些惊讶。

“对呀，我记得呢。前些日子同学会你还穿了。”

“哎呀，这双破鞋是和孩子们跑跑跳跳的时候穿的，可结实了。这么留心观察我的鞋，真让人难为情呀。”

月冈老师虽然微皱眉眼，却又浮现出往日的亲切，温暖人心。

那是少女间的友谊，甚至连对方睫毛的长度、脸上痣的数量都无不知晓……

对彼此的随身物品和穿戴物件都充满喜爱之情、都想触摸一下的往日……

正因为铭记着昔日的情感，此时的明子只看过一次月冈老师的鞋便忘不掉了。

月冈老师也没有因为明子看过那双登不上台面的鞋就感到厌烦。

明子知道，那并不是一双鞋跟很高、皮质柔软细腻、符合大小姐气质的鞋，而是一双便于和残疾儿童一起活动的鞋。

月冈老师没有更多地关注自己的鞋子，而是被明子身着和服的天真烂漫模样所吸引。

“这件和服真适合你，明子，真漂亮呀。虽然这样已经很美了，不过这么难得穿了和服，要是稍微化一下妆该有多美！用一点儿腮红来点缀……”

“别拿我开玩笑了，姐姐。”

明子无意间叫了声“姐姐”，红了脸。

“没开玩笑呀。我呀，根本不能化妆，在操场上晒得黝黑呢。脸上的皮肤也变粗糙了。也算是个姑娘家吧，还是觉得有点儿可惜。看到漂亮的姑娘，总想给她们化妆。是不是挺可笑的？”

“姐姐不施脂粉也很漂亮！”

“照你这么说，明子也是现在这样最好看吧？”

“反正我……”明子摇晃着脑袋，看上去孩子气十足。月冈看着那飘动的头发说：“还梳着娃娃头呢，不留长头发吗？你穿着和服，我还当是为毕业做准备呢。”

“哎呀，明年春天才毕业，还早着呢！”

“确实是。”月冈露出明朗的笑容，继续说，“不过，马上就到了。毕业那一年总是来得特别快。”

达男不耐烦似的望着她们俩，他一直站在玄关，想着：“你们到底要聊到什么时候！”

“阿姨，花子呢？”达男说着话，自己一个人先上楼了。

花子母亲也等不及了，月冈老师和明子的谈话告一段落，她就催促着明子：“来，请进。明子，快进来吧。”

“哎呀。”月冈老师好像也觉察到了，说，“站着闲谈真是不成体统。阿姨，真不好意思呀，一看到明子，我自己仿佛也变回女学生了。”

花子母亲说：“这也难怪。明子小姐没有想到月冈老师会来我们家吧？”

“这可是作为教师来家访呢。”月冈说着，稍稍摆出了老师的姿态，“哎呀，这木屐还真是可爱呀。”

“来报刚刚鞋子的仇吗？”

“对呀。”月冈轻轻地蹲下身，把明子脱掉的一只红色木屐拾起来。

明子吓了一跳，赶紧伸手去拿，说：“哎呀，姐姐，你别……”

“真可爱呀，真让人羡慕！”月冈没有放下手中的木屐。

虽说还是新的，但也是又穿在脚上又踩在地上的、地位十分卑微的木屐。可经由月冈老师的手，那红色就变得朝气蓬勃，如少女的象征一般，令人不可思议。

制作木屐的人为了取悦少女，为了衬得少女更加美丽动人，定是煞费一番苦心的。木屐的匠人抑或是木屐本身，或许都会因为是明子这样的大小姐穿着它而感到幸福吧。

明子想，虽是平凡无奇的木屐，但也要好好珍惜它。她又想，和月冈姐姐在一起，就会自然而然地感受到很多事物的美好，这是多么美妙啊！

明子向花子母亲行过礼，坐在椅垫上。月冈老师还时不时地望向明子，说：“明子，真是长大了呢！”

“哎呀，你又说这话！”

“当然了，都两三年没见了。还是因为你穿上了和服显得成熟了呢？好像也不是那回事。穿着和服，反而看起来更可爱吧？”

“哎呀，不要说了！”明子红了脸，说，“你净嘲笑我。”

“你稍微用袖子遮住脸，给我看看嘛。”

“才不给你看呢！”明子站起身，逃到旁边的房间去了。

从明子的身后可以看到，绑在和服上的是用整块布捋成的带子，带结垂在腰际，招人喜爱。肩上缝了褶，稍显挺拔。

紫色平纹丝绸的质地上点缀着白色的芙蓉花，和服清丽秀雅，长长的衣袖优雅儒美，况且明子那纯真的模样，不论穿什么都能衬出她的美。

已经是可以脱下外套穿夹衣的季节了，再不久就可以穿哔叽[1]毛料的和服了，那是属于少女的美好时节。

1　哔叽：一种密度比较小的斜纹毛织品。

不仅是月冈老师，连花子的母亲都想摸一摸明子垂在腰际的带结。

“明子长大了，也差不多要和这种整块布的带结告别了吧？”月冈老师喃喃自语，那话语里大概也包含着自己的回忆。

花子母亲边斟茶边高兴地说：“平日里对花子有所关照的人齐聚一堂了。”

明子也点点头，说：“还有一个呢，咲子在的话就来齐了。阿姨，打电话叫咲子来吧。她一定会高高兴兴地就赶来了。”

明子很是有信心。像小时候的自己崇敬月冈姐姐那样，小小的咲子也非常喜欢明子。但是，让月冈姐姐看到崇敬自己的咲子，还真是有点儿难为情。

明子问：“达男在干什么呢？”

“在二楼照顾花子呢。”

“不管怎么说，花子最喜欢的还是达男呀。”

明子和花子母亲不约而同地仰头看了看二楼，然后唤了一声“达男”。

“达男，你下来给咲子打个电话！”

“咲子？哦，是那个小孩呀。又要在电话里吵架，我可不打。”达男说着，拉着花子的手从二楼下来了。

花子母亲感慨万千地说：“说真的，像花子这样的孩子，怎么能得到大家这么亲切的关照呢？”此时她的心中着实感激，“真的，这到底是为什么呢？”

达男爽朗地说：“没有为什么呀！”

听了达男的话，花子母亲眼里噙着泪水，笑了起来。

“可时不时地，我还是会这么想。这世间真是美好呀。孩子父亲还活着的话，不知道会有多高兴。”

月冈老师和明子都低着头，默不作声了。

“但是，她父亲要是还活着，我们一定还在乡下的车站，和大家无缘相见呢。花子的教育也得不到满意的解决办法。一定是花子父亲把大家引见给我们的。”

“对呀。那时候我得了胃痉挛，如果不是得到了站长的帮助，也就不会认识花子。”

能把大家都逗笑的，果然还是达男。

“照你这么说，是胃痉挛让大家聚在一起的啦。”明子也开起玩笑，“希望这种能派上用场的胃痉挛时不时地犯几次呢。”

“是呀，只是那股疼劲儿能让姐姐来承受就好了。”

咚、咚，花子突然敲响了鼓。

达男吓了一跳，说：“哎呀，花子，你这鼓敲得真响啊！”他说着，也像个孩子似的敲起鼓。

花子直接把鼓槌递给了达男，然后抓着鼓的边缘挥着手。

“花子，你跳舞吧！”

达男拉起花子的手，好像突然想到了什么似的，把花子的手放在鼓皮上，然后敲着鼓，说：“怎么样，害怕吗？鼓皮在振动吧！这是鼓的声音，是因为空气在震动。花子的耳朵就像鼓皮一样。耳朵的鼓膜在振动，你却听不见，真是可怜。”

月冈老师说：“真是个不错的老师。”

花子母亲说：“没错，真的是个好老师。一直想出好点子，不知不觉中教会了花子片假名和数字。”

“真的吗？”月冈老师惊讶地看着达男，“你要是来我们学校当老师就好了，可是，不能期望大户人家的小少爷做这样的工作吧。”

达男轻松愉快地说：“我可以去呀。”

但他是在开玩笑还是在说真心话，就无从知晓了。

花子母亲已经跟明子和达男讲了她们参观月冈老师的课、还给花子买鼓的事。

月冈老师看了花子的学习情况，谈到有可能让她入学。而且，月冈老师还建议把花子作为耳聋儿童来教育。

“真好呀，花子。学校，学校，学校呀！”达男说着，一下子抱起花子，把她举得高高的，转着圈。

这是一个以花子为中心的、善良人们的温馨聚会。

花子母亲不禁想起了花子的父亲。

山间的车站浮上心头。

在那山间的小镇，想必雪已融化、青草芽饱满、嫩叶也初绽了。可山顶仍有残雪，冰雪消融成水，流入河里。

没有光明，没有声音，花子的心仿佛是冰封的黑暗河底，因为春天的温暖，重新开始流淌……

希望之海

花子母亲想成为一名盲人学校或者聋哑学校的老师，为自己的孩子和那些同样处境的孩子奉献余生。

她见过月冈老师之后，更加坚定了自己的决心。

“经常有人问我，是不是有听觉障碍的家人或者亲戚。”月冈老师曾这样说过。有不少老师是因为家人或者亲戚中有聋哑孩子，才去聋哑学校工作的。

这些有残疾的孩子在世间大多数人的生活中会被遗忘。待到身边所爱之人出现盲人、聋哑人时，他们发现世间不少孩子都怀有同样的烦恼。真实的同情由此产生。他们不仅会帮助自己的孩子，还想帮助其他孩子。

花子的母亲也是如此。

盲人学校、聋哑学校里都设有以培养教师为目的的师范科。花子母亲打算考取这两种教师资格证。

毕竟为了花子，两种都是必不可少的。

不能同时去两所学校，可到底先去哪个呢，她自己又拿不定主意。她希望尽可能和花子一起上学，陪伴花子的同时，自己也可以在师范科学习，可谓两全其美。

可话又说回来，盲人学校不收花子这样聋哑盲的孩子，聋哑学校也没有像花子这样的孩子。总而言之，目前日本还没有针对聋哑盲孩子的教育机构。

然而，月冈老师给予花子深切的同情，还在学生家访之后顺路来看望她们母女。

月冈老师还说如果能教，她想尝试着去教育花子。

“我去请求校长先生，希望他批准花子加入我们班。和别的孩子一起教的话，还是有些困难，不过能让她来学校，对她还是有些许帮助的。”

花子母亲像抓住救命稻草一般，说：“你说得正是。仅是去学校就已经是莫大的……”

“是呀，但现在还不要有过多的期望。毕竟我自己也还没有明确的把握，所以请先秉以尝试的心态吧。从另一方面说，花子的教育若是获得成功，我也算立了大功呢。这也算是日本首个成功案例。不仅是花子，还能给像花子一样的孩子们带去希望！”

花子母亲紧紧搂着花子，说：“花子，你要加油呀！”

“阿姨，花子一定没问题，她聪明着呢！”达男爽快地给她们加油鼓劲儿。

月冈老师也点点头，说：“是呀，我虽然也是老师，但不太可能成为莎莉文那样的老师。”

一八八七年的春天，海伦·凯勒七岁的时候，二十一岁的莎莉文成为她的家庭教师。从那一天起，几十年间，莎莉文为海伦·凯勒倾注了自己的一生。海伦·凯勒这样描述着莎莉文老师：

“老师，倘若您有不幸之事发生，这个世界可能也将随之变得萧然寂寞、索然无味，或许我遇凡事也都会束手无策。我从未想过自己一个人工作的样子。这三十年间，是老师给予了我一切……”

此处的“三十年”，应该是距今二十年前了。月冈老师还说：“真的，倘若没有这位老师，对海伦来说，生命或许不是真的生命，天堂也不是真的天堂。她说她的成就都是通过老师才取得的，从未说过那些成就由自己一人取得。而且她从不曾略去老师的功劳而只写自己的事迹。”

在莎莉文老师那充满爱和真诚的不懈努力下，海伦·凯勒才得以培养成才。

施教者和受教者，这两位女性一心同体，筑起了一个奇迹。她们互相拥抱，在人生的旅程上一路芳华地走过。

月冈老师将海伦·凯勒写的五本书的翻译本借给了花子母亲，请她务必读一下。她说，花子母亲一定会从书中获得鼓励和力量，这书可谓是聋盲人士乃至所有不幸人士的“圣经”。她还说，如此健康、明朗、具有感染力的书真是世间少有。

书中丝毫不存在残障人士乖僻和悲伤的残影，而是充溢着光明和喜悦。

书中深切地讲述着，即使眼睛看不见、耳朵也听不见，仅仅是活在这个世界上，就是那么美好。

“海伦·凯勒可以鉴赏音乐，也能歌唱月亮的皎洁和繁星的明亮。”

花子母亲反问道：“是吗？月亮和星星也能……”

盲人如何能看到月亮和星星呢？

“对，她全身心地赞美自然，当初我也很震惊。像我们这样眼睛看得见的人，感知能力却很迟钝，反而输给了盲人呢。”月冈老师说完，忽然看向远方。

她想，盲人用心灵的眼睛看事物，颜色、形状的美妙之处又是如何发现的呢……

聋人用心灵的耳朵听声音，声音的美妙之处又是如何感知的呢……

在海伦·凯勒的书中读到这样的内容，却无从知晓其中蕴含的意思。

如果能实现对花子的教育，让自己和花子“一心同体”，通过她那心灵的眼睛和耳朵，或许就能知道其中的蕴意了吧。

“我们始终因为眼睛看得见，耳朵也听得见，反而忘却了眼睛和耳朵的珍贵之处。在教耳聋孩子的时候，我有时会这么想：若以他们的心情去听，河水声、鸟儿的鸣叫声是不是会变得更加动听呢？”

“大概是的！”明子被月冈老师的话语所感动，她回应着，就像接触到了某种不可名状的、深切的真挚情感。

“不能总把花子当成可怜的孩子呀。或许她拥有比我们更加美好的灵魂，让我们一起唤醒她的灵魂吧！”

花子母亲甚是高兴。她想，自己绝不能输给说此番话的月冈老师，也要立志做一位好老师。

花子和花子母亲要去的学校也大致定了下来。

或许花子不能被批准正式入学，但真到了那时候，花子可以作为月冈老师的特别学生，暂时留下来。

大家出来送月冈老师，一起穿过上野公园。

经过电话亭前，明子说：“达男，你没给咲子打电话呀。”

花子母亲笑着说：“是呀，听月冈老师说话的时候，把要喊咲子过来的事给忘了。到时候给她寄封信，告诉她花子也能上学了。”

对面飘来嫩叶的香气，还能听见火车行驶的声音。

花子母亲低着头往前走。

她想，那火车是朝着花子父亲当站长的车站方向开去的吧？

在那山间的小站，花子父亲曾送往迎来的火车，想必现在也是每日途经此处。

“阿姨！”达男突然喊了她一声，然后说，“这个星期日，去不去伊豆[1]？我和姐姐都去。”

“去伊豆？好呀。”

“一起去吧。带上花子，肯定很有意思。”

“达男可不要再犯胃痉挛了！”

达男开朗地笑了，然后拉着花子的手，说：“花子，你也去吧！花子，你还没看过海吧？”

“何止海，什么都没看过呢。”

“那就让你摸一摸海！”

明子拉起花子的另一只手，说：“哎呀，让花子这小手去摸海吗？”

1　伊豆一般指日本静冈县东部的伊豆半岛，是日本的旅游胜地。

花子母亲也不了解伊豆，但心头浮现出蔚蓝的大海和明丽的天空，就也想去看看。

细想起来，搬到东京之后，还哪儿都没去过呢。

花子母亲想，如果真的能上学，需要忙的就更多了，新的生活开始之前，有一次短暂的旅行也未尝不可，于是和明子他们约好去旅行。

到了星期六的午后。

花子母亲坐在佛龛前，说："我们出发了。"

她把花子抱在膝盖上鞠了躬。

花子并不知道发生了什么。

吹灭佛前灯火，关上佛龛门，花子母亲感到些许凄凉。

来东京之后，这还是第一次离开家去外面住，更没有想到，还是带着花子去观光旅行。

花子母亲走到街角，又回头看了看，总觉得放不下这个家。

这个独门独院的家紧锁着大门，在五月的白天看起来格外凄寂。

母亲低声对花子说："这个家真是小呢。"

花子不知道母亲为何停下了脚步，就用力拉了拉母亲的手。

花子穿着新鞋和新衣服，特别高兴。

在东京站等候的达男一看到花子就说：“花子，衣服真漂亮呀。”

达男摸了摸花子的袖子，花子也摸了摸自己的胸膛，还提了提裙子。

她又稍微抬起一只脚，为了让鞋子发出声音，咚咚跺了两下。

“嘿，鞋子也是新的呢！”达男用脚轻轻踢了踢花子的鞋。

明子训斥着弟弟的粗鲁：“喂，达男！”

花子嚷了两声：“啊！啊！”

达男大大咧咧地拍拍花子的肩：“她那叫声像乌鸦似的，正高兴着呢！”

明子提心吊胆，保护花子似的拉她到自己身边，手放在她的肩上，看看她的前身后背，说：“这衣服真可爱呀。”

花子母亲脸上洋溢着欢喜，说：“是吗？阿姨是个乡下人，也不知道好不好看。”她又说，“不过我一想到花子看不见颜色和花纹，就觉得挺没意思的。她这一辈子都不能给自己挑选衣服的花色，缺少了做姑娘家的乐趣呀。给她穿上新衣服，她也只是摸一摸，高兴一下。”

“手感好的衣服真是不错。天鹅绒面料的衣服一定很舒服！”

明子以前还想过要给花子缝一套衣服。

明子没有妹妹，很多不穿的衣服都收起来了，能不能改成花子的尺寸呢？

达男穿着平时上中学穿的校服上衣，下面配短裤，还背着双肩包。

花子母亲说：“看达男这身打扮，是要走着去吗？我们可走不动呀。”

“我们可没有时间走过去。今天要到下田港，明天早上要越过天城山，第二天再环绕伊豆，一直坐公交车。”

明子说：“阿姨一定会感到疲倦吧？”

花子拿着儿童票。儿童票上留有检票员剪票的痕迹。

花子突然停下脚步，想去摸检票员的手臂。

她是不是以为那山间小站的站员就在这里呢？

但是花子被后面涌上来的人群推着走了。

花子母亲下意识地环视了人群和车站的建筑物。

花子的父亲曾经是车站的站长，可比起这里，那山间的车站宛如一间小屋。但是，就算站在这位于首都中央的车站，想起的还是山间小站的生活往事。

那是关于花子父亲的记忆。

刚要搭上火车，花子突然叫喊起什么。

是不是在大声地喊着“火车！火车！火车！”呢？

这强烈的感动如电流一般贯彻全身，花子猛烈地跳了起来。

她伸开双臂，像要去拥抱火车，接着又开始拍打火车。

乘客们都争先恐后地涌进车厢，有人斜眼瞟着花子，心想，真是个奇怪的孩子。

达男笑着说：“对了，花子你不是喜欢火车嘛！”说着就要把花子抱上火车。

可花子却甩开了达男的手，好像她根本没想过要乘坐这列火车。

花子一只手抚摸着火车，一个人阔步向前走去。

达男从后面追了上来：“花子，不要和火车玩了，我们该上车了。”

花子一离开火车，就在站台上摇摇晃晃地到处走，手还像是在摸索着什么。

花子母亲说：“哎呀！花子是在找父亲呢！”

花子像从梦中苏醒一般，怅然若失地站着，突然哭了起来。

花子母亲跑上前抱起花子。

上了火车的花子依旧哭个不停。已经是大孩子了，还哭得像个婴儿似的。

而且那哭声像哽咽在喉，比普通孩子的哭声听起来更凄惨。

车厢里的人都诧异地看着花子。

花子母亲用袖口遮住花子的脸，紧紧地抱着她。

明子小声地对达男说："花子刚刚是在找父亲呢。"

达男惊讶地说："找父亲？可这里是东京站啊！"

"不管是东京站还是别的车站，花子都不知道呀。"

"没那回事，花子都知道。"

"情绪稳定的时候当然知道了，可是当她摸到火车的时候，又开心又惊讶，错认为是父亲工作的那个车站了。"

"是吗？"

"肯定是这样。所以意识到情况不太对，就哭起来了。"

"是吗？但是她觉得父亲在东京站，这也太不符合常理了吧。"

"她根本不知道这里是东京站呀！一想到有火车，花子就已经忘记这是在哪里了，她还在想，火车的附近必定有父亲吧。"

花子母亲也点头赞同，说：“可能正如明子小姐所说，这孩子还以为自己的父亲活在世间呢。”

达男和明子都不作声了。

火车开动了。

花子从母亲的袖子下露出脸，已经停止了哭泣。

过了一阵，花子脸上又绽开了笑容，仿佛心中升起温暖光芒。

“阿姨，花子是不是以为坐火车是要回到父亲在的地方？她一定是那么想的。”这回是达男在解释花子的心境。

花子母亲也应声道：“有可能。不过这个话题就到此为止吧。难得这么愉快的旅行变得凄凄惨惨的，多没意思呀。”

“但是，如果我们不知道花子在想什么，那她多可怜呀。阿姨对花子想说的东西有所了解吗？”

花子母亲说：“嗯，大致都知道。我可是天天和她一起生活的母亲呀。她的手势、表情，还有几种‘啊啊’所代表的意思，我都知道得一清二楚呢。”

“但是我觉得不能沿用至今的老办法。和普通的孩子相比，花子想说的东西可以说是微乎其微，相当于花子的智力发育迟缓。今后必须要让花子说各种各样的东西，还要让花子主动对我们说很多很多话，要不然她永远都和婴儿没有区别。”达男这么说。明子听着，也觉得达男说得确实有道理。

虽然人们都生活在同一个世界，但对每个人来说，世界的宽度和广度又是那么不同。一个人的所见、所闻、所学、所知，也许就构成了那个人的世界。

这个世界尚有很多明子不知道的东西。想到这里，明子似乎有些坐立难安。

花子的世界，不能听、不能看、不能说，那该是多么狭隘啊。

明子想象不到花子是如何感知这个世界的。

天真烂漫、纯洁无瑕的面庞深处，又隐藏着一个什么样的内心世界呢？试着想想就觉得颇为神秘。

但是，按这么说的话，明子也时常不懂自己的心。所谓人心，真是令人不解。

明子又问：“阿姨，您想的事情，花子也都清楚吗？”

“这……”花子母亲一时之间不知如何回答才好。

“她既不会说话，也不会看脸色，怎么能明白呢？”

“说她明白，也只是明白一点点而已。嗯，因为是母女的关系吧。”

明子点点头，应了一声：“嗯。”

“这孩子毕竟也是个人呀！”花子母亲说着，忍不住笑了，“只要活着，总会知道些什么。母亲的心，她多多少少也会懂得的。”

东京和横滨之间，田间小路延绵不绝。

火车一驶出横滨，花子就摇晃着手，开始活蹦乱跳。

旷野的风透过窗户吹进来，大约是在取悦花子。泥土的味道也让花子倍感亲切。

麦穗也有了颜色。

花子的母亲说：“花子也是在山里长大的，果然还是乡村好呀！东京让人无法呼吸。”

铁路旁边有一个小小的牧场，五月强烈的日光照射在奶牛的背上。

海滨沙滩上的松树林连绵不绝。透过松树间的缝隙能看到波光粼粼的海。

东海道景色秀丽，花子母亲也觉得很别致。

花子母亲摇了摇花子，说：“这是海呀，花子，海！”

“阿姨，花子的片假名带过来了吗？”达男说完，从花子母亲的手提袋里拿出木质字符，从中找出“海”的读音。

他把片假名摆在手心，让花子触摸的同时，自己发出“海、海”的读音，可是花子并不明白。

“对了，花子还不知道海，还没有摸过海呢！”

接着他又拿出“河”的片假名。

花子很高兴，摆动着手模仿水流动的样子。

“你记着呢！太好了！”

达男抓着花子的手腕，让她摸了“父亲”的片假名。

“啊！啊！啊！”花子喊着，还跳了起来。

“哎呀！花子！”那是明子清朗的声音，她无意间看了看花子母亲。

花子母亲说：“达男，快停下来。别这样。”

“为什么？”

“如果她觉得是去见父亲，那不是太可怜了吗？等于是骗她了。”

“说得也是。”达男挠了挠头，然后急忙拿出“母亲”的片假名。

花子笑着，她抓住母亲的肩膀，靠在了那怀抱里。

“真可爱呀！”明子说。木质字符竟发挥着如此美好的作用，触动了她的心。

达男一声不响地看着花子。

花子靠在母亲怀里，不一会儿就睡着了。

看着花子的睡颜，花子母亲低声说：“什么风景也不看，好不容易才出来旅行，这孩子真是扫兴呀。”

明子说:“那景色呀,好像都映在了花子的脸上呢!”

强烈日光中的绿色像是能映照在人的肌肤上一样,鲜艳明丽。花子那天真无邪的脸庞如发光的明镜一般耀眼美丽……

火车经过小田原周边的铁桥时,花子哆嗦了一下,突然醒来。她大概觉得已经靠近父亲所在的地方了吧。

那山间的小站附近也有一座铁桥。

花子曾经每天都听着火车跨过铁桥的声响,多是在院子里的合欢树下,和卡罗一起……

花子母亲想起了卡罗。它现在怎么样了呢?在来东京之前,她把卡罗送给了山间车站的站员。

火车此时行驶在山崖上,山崖下面就是海。

海面上仿佛开满了白色的花,原来是海水正泛起的圈圈涟漪。那一层层海水波纹荡漾,粼粼发光。

细看才知道,潮水流入热海的海湾,在岸边画个圆圈又涌了出来。那就是温暖的黑潮。

海的对面,伊豆半岛的三个岬角依次排列着。

一过热海,与东海道线分道而行,火车行驶在了伊豆的海岸上。

深色的海水在不断延展。

“啊，世界如此广阔……”

花子母亲好像敞开了心扉。

海风吹来，花子把小手伸出窗外挥了挥。

后记

《美好的旅行》这部小说的读者不局限于少女，希望小孩子和大人也读一读。

将聋盲的幼童设定为主人公，并不是要策划聋盲主题的教育小说，而是尝试着通过聋盲儿童去抵达人生、世界的美好。因为看不见反而认真观察，因为听不见反而仔细聆听，这样的真理时常存在。

正因如此，这部作品中的聋盲儿童既不偏奇，也不神秘。抑或是可以说，她是作者去看待、去思考事物的一副眼镜。抑或是一种修行方法，试着通过这扇心门去感受。

这个孩子的个性不是问题，或许这孩子并不是真实存在的，可我意图让她成为一个真实的生命。即使作为一种象征，我也想让她活着。

或多或少是因为花子过于年幼，这就很难进行书写。我想着必须让她快点儿长大，可终究未能如我所愿。当然，在这部作品里，本想一直写到花子成长至二十岁左右，可那就需要一段更漫长的岁月了吧。

因为是聋盲的幼童，不采取适当的教育方法，就不能打开闭塞灵魂的门扉，于是不能不写教育。在这一卷书[1]里，也有关于盲人学校和聋哑学校的短篇作品，往后我也会在作品中多写一些那些学校的教育状况。

可是，正如花子的心理不能等同于聋盲儿童的心理一样，我也不能准确无误地将现在日本的盲人学校和聋哑学校的现实状况描述出来。而我也没有把创作这部作品的根本目的放在那上面。但身为作者，对不幸的孩子的教育抱有同情之心也是理所当然之事，若能助其一臂之力亦是颇感欣慰。

我想向允许我参观的学校以及给予指导的各位教员表示感谢，从事此类相关教育的人们皆是令人尊敬的慈善之士。

对海伦·凯勒全集的通读也不失为书写这部作品的一个契机，但这部作品绝不是海伦·凯勒的日本式书写，我也并非想书写此类人物。但在书写的过程中，对海伦·凯勒全集的数次阅读也是不容置疑的。

川端康成

（摘录于初版《后记》）

1　这部小说最初连载于《少女之友》昭和十四年（1939 年）七月刊（第三十二卷第八号）至昭和十六年（1941 年）四月刊（第三十四卷第四号）。

图书在版编目（CIP）数据

美好的旅行 / (日) 川端康成著；月雯绘；张宇博译. -- 贵阳：贵州人民出版社，2023.1（2024.5重印）

（大作家写给孩子们）

ISBN 978-7-221-17467-3

Ⅰ. ①美… Ⅱ. ①川… ②月… ③张… Ⅲ. ①儿童小说—长篇小说—日本—现代 Ⅳ. ①I313.84

中国版本图书馆CIP数据核字(2022)第207331号

MEIHAO DE LVXING

美好的旅行

[日] 川端康成 著　　月　雯　绘

张宇博　译

出 版 人　朱文迅

选题策划　北京浪花朵朵文化传播有限公司

出版统筹　吴兴元

编辑统筹　尚　飞

责任编辑　王潇潇　汪琨禹

特约编辑　王晓晨

装帧设计　墨白空间・李易

责任印制　常会杰

出版发行　贵州出版集团　贵州人民出版社

地　　址　贵阳市观山湖区会展东路SOHO办公区A座

印　　刷　河北中科印刷科技发展有限公司

版　　次　2023年1月第1版

印　　次　2024年5月第4次印刷

开　　本　880毫米 × 1230毫米　1/32

印　　张　8.75

字　　数　135千字

书　　号　ISBN 978-7-221-17467-3

定　　价　72.00元

后浪出版咨询(北京)有限责任公司　

贵州人民出版社微信